白神话

山海经故事

6 不懂装懂的竦斯

沈启◎著 李欣怡◎绘

孔學堂書局

角色介绍

合窳

长得像猪，却有着人的面孔，全身覆盖的金黄毛发熠熠生辉，还有一条鲜红的尾巴，发出的声音如同婴儿啼哭，非常容易蛊惑人心。

刘梓和鲐鲐鱼

刘梓生活在多风沙的镇子上，他的愿望是让镇子变成青山绿水的地方。鲐鲐鱼外形类似鲤鱼，腹部长着六只脚，像鸟爪一般，尾巴也如同鸟尾。

阿东和小毛孩

阿东的爹是猎人，阿东和爹爹除掉了入侵镇子的狼。小毛孩是毛民国的人，全身覆盖着如同豪猪硬刺一般的黑毛，毛发浓密而坚硬。

竦斯

外形酷似雌野鸡，却长着人的面孔。每当寂寥难耐时，它便会在林间自言自语，一遍遍呼唤着自己的名字："竦斯，竦斯。"

狌狌

长得像猴子一样，有着黑色的眼睛，粉红色的嘴巴，白色的耳朵，黄褐色的皮毛柔软亮丽，还有一条长长的尾巴。

序

儿童最好的生命养料

经朋友介绍，有幸认识沈启老师。首次相见，一起吃饭，沈启老师向我简要介绍了以《山海经》为写作素材创作儿童文学作品的事情。在他绘声绘色的讲述中，我能感受到沈老师对古典文学浓厚的兴趣和对文学创作的极大热情。我虽然是中文系毕业，并且多年教语文，但很惭愧没有通读过《山海经》。

后来，沈老师将电子版书稿发给我，希望我写一篇序言。我诚惶诚恐，一来我不是名家大咖，二来儿童文学不是我主要研究的领域。但沈老师让我写序，是对我的信任，而且我们都是山西人，如果能帮一点忙，那是很荣幸的事。更主要的是新教育实验一向很重视儿童阅读，所以，就权当这篇文章是我这个后学者学习沈老师著作的心得体会。

书籍是儿童成长最重要的精神营养。读书不仅有助于儿童养成正确的人生观、价值观和世界观，而且对他们后期的学习乃至终身发展都有深远的影响。大量读书，不仅能激发阅读兴趣、培养阅读习惯、提升阅读能力，而且能丰富知识、增长见识、陶冶情操、增强想象力和联想力。爱阅读的孩子，往往爱学习，勤思考，善钻研。所以，童书对儿童健康成长有极其重要、不可忽视的价值。

新教育实验非常重视儿童阅读。朱永新老师说，“一所没有阅读的学校永远不可能有真正的教育”“阅读，是教育的基石；阅读，也是新教育实验的基石”“营造书香校园是新教育十大行动之首，也是新教育最为基础、最为关键、最为重要、最有特色的行动”。新教育专门成立了新阅读研究所，研制中小学生阅读书目，开发了“晨诵午读暮省”课程。朱永新老师还认为，“一个人的阅读史就是他的精神发育史”“阅读是个体生命走向幸福完整的必由之路”。

我的成长就受益于童书。回忆起童年，最美的时光是阅读连环画的时候。二十世纪八九十年代的山西农村，没有电子产品，没有手机，没有电子游戏，甚至连电都是到了晚上才有。父亲是语文老师，所以重视我的阅读，经常从学校的图书馆借回大量连环画和图书供我阅读。我阅读一本本连环画，沉浸在奇妙、古老、动人的故事中，超越现实环境，神驰古今中外，常常忘记吃饭和休息。用今天的话来说，处于心流状态。我正是在这种无功利的阅读中潜移默化地塑造了价值观，懵懵懂懂地知道什么是对的，什么是错的，什么是应该做的，什么是不应该做的。在这种有趣味的阅读中，增加了识字量，培养了阅读的兴趣、阅读的习惯和一定的阅读能力。从小学到大学，我最喜欢的就是语文课，从来没有为写作文发愁过。后来，我高中学文科，大学读中文系，乃至硕士、博士一路读下来，都与童年时培养的阅读兴趣和阅读习惯有密切的关系。

童书对于儿童生命如此重要，但当下儿童的阅读现状并不乐观。一方面是学校过量地作业挤占了阅读的时间，另一方面是无处不在的电子产品吸引了儿童的注意力。儿童自控力差，很难抵抗电子游戏、短视频的吸引，不少儿童在家抱着手机，沉迷于电子游戏和短视频，有的甚至深陷其中，不能自拔。长期沉浸手机，满足于感官的刺激，就越来越难有耐心阅读纸质书籍，难有沉浸式的深度阅读体验。

因此，为儿童创作优质的童书，让儿童摆脱电子产品的束缚，投入阅读中，不仅有深远的意义，更是现实的迫切需求。从这个角度讲，沈老师的这套神话故事丛书，可以说是又为全国的青少年增加了丰盛的精神食粮。

沈老师笔下的故事充满魅力，有宝贵的价值。现实与神话结合，古典与现代交织，对儿童有很强的吸引力。比如《阿健和人鱼》描写了阿健救母的动人故事。阿健曾经过着无忧无虑的生活，但突如其来的瘟疫让妈妈身患重症。为了能治好妈妈的病，阿健进深山，访名医，学游泳，上海岛，战海盗，救人鱼，最终治好了妈妈的病。故事语言生动形象、描写细腻，故事情节充满幻想、可读性强。从教育功能看，这个故事传递了孝敬父母的传统美德、不畏艰难的坚强意志、保护动物的生态观念，弘扬了中华民族的传统美德。儿童阅读这样的故事，有助于在潜移默化中增强文化自信，塑造正确、健康的价值观。

在众多的童书中，沈老师的童书有鲜明的独特性。童书中，有《男生贾里》这样的校园小说，有《草房子》这样的成长小说，有《汤姆·索亚历险记》这样的冒险小说，有《苏武牧羊》这样的历史小说，有《夏洛的网》这样的童话小说，有《地心游记》这样的科幻小说，还有《第七条猎狗》这样的动物小说。沈老师塑造的故事融历史、传奇、神话于一体，其中的动物、人物形象取材于志怪小说《山海经》。这样独特的构思，不仅使故事有了厚重感，增加了奇幻的色彩，而且有利于激发儿童对古典文学的好奇和兴趣。也许，有的孩子会通过阅读这本书而埋下阅读甚至研究《山海经》的种子，从而在潜移默化中培养热爱中华优秀传统文化的情感。从这个角度讲，这本书为传播古典文学提供了新的思路。正如最近比较火的游戏《黑神话：悟空》，其大量人物造型取材自山西等地的寺庙雕塑，激发了大众对古建筑的兴趣，带动了当地文旅产业的发展。由此也给我们启发：传统文化是储量丰富的资源库，是最能引发大众共鸣的话题，是激发创作灵感的点金石，如何创新运用，值得文艺创作者探究。

这套丛书既适合家长购买给孩子阅读，也适合学校的老师们用来给学生开发儿童阅读课程，如此，更能发挥书籍的作用和价值。我相信，孩子们一定会非常喜欢。最后，期待沈老师能继续为孩子们创作出更多优秀的童书，成为儿童文学界的又一座高峰！

郝晓东

（博士，新网师执行主任）

Contents 目录

凶残的合窳

非凡之愿

不懂装懂的竦斯

喜欢听读书声的狌狌

凶残的合窳

合 窳 《山海经》之东山经

原 文 又东北二百里，曰剡山，多金玉。有兽焉，其状如彘而人面，黄身而赤尾，其名曰合窳，其音如婴儿，是兽也，食人，亦食虫蛇，见则天下大水。

译 文 再往东北二百里，有座山名为剡山，山上盛产金属和玉石。山中有一种野兽，外形长得像猪，有一张人的面孔，黄色的身体，红色的尾巴，它的名字叫合窳，它的叫声如同婴儿啼哭。这种野兽吃人也吃虫蛇，它一出现，天下就会发生大水灾。

一、连日的大雨

洪水犹如脱缰的野马，猛烈地冲击着千沟万壑，发出震耳欲聋的咆哮声。

天穹之上，炸雷滚滚，连绵不绝，仿佛在向大地宣泄着无尽的愤怒。

豆大的雨点密集而急促，击打着整个山体，瞬间就将一切笼罩在了浓密的雨幕之中。

刘勇坐在窗边，凝视着窗外那肆虐的雨势，神情木然。

这场突如其来的暴雨让刘勇忧心忡忡，他担心辛辛苦苦修好的梯田被山洪冲垮，那是他带领乡亲们没日没夜干出来的。

梯田修好了，原本期待今年能有个好收成，改善大家的生活，可现在看来，这一切美好的愿望似乎都要被这场突如其来的暴雨摧毁了。

透过半开的窗户，雨滴溅进来，打在刘勇的脸上，带来一股凉意。但他没有去关窗，反而任由雨水扑面而来，他要用这份清凉提醒自己，无论遭遇何种困难，都不能轻易倒下。一旦思想上泄了气，行动就会随之懈怠。

在这崇山峻岭之间种庄稼，实则只能靠天吃饭，一遇干旱，庄稼就会枯死，雨水过多，又会引发洪涝，庄稼又会被淹死。

这种被迫与自然抗争的生活，自他出生在这个小山村那天起，就已经注定了，这仿佛是他无法选择的命运。

他的父母、亲戚朋友，都在这片土地上耕耘生活，要想让大家过上更好的日子，就得自己身先士卒，带领大家一起努力。大伙儿推选他为村长，就是对他最大的信任和期待。

待雨势稍弱，刘勇便打算出门，挨家挨户去查看大家的房屋是否受损，路基是否被冲垮。

他还牵挂着打谷场边的牛棚、山脚下村口的水井、各家羊圈里的羊群……想着想着，刘勇有点心烦意乱。

他知道，现在也出不去，雨太大了，是几年不遇的一场大雨。

自怨自艾是最没出息的，此时外出无异于冒险。于是他开始调整自己的情绪，告诉自己要冷静，等雨停后再想办法补救。

刘勇让媳妇给他烫了一壶酒，想借着酒劲暂时忘却烦恼，喝完后好好睡一觉，醒了以后再干事，这样心里也就不烦了。

二、大雨冲走了牛羊

两天过后，倾盆大雨终于停了，但路上的积水还是很多，道路依旧泥泞不堪。刘勇踏着湿滑的道路，开始挨家挨户查看情况。大部分人家还好，只有三爷爷家的一处窑洞由于年久失修，在这场大雨中不幸坍塌，幸运的是当时窑洞内并没有住人，只堆放了一些柴禾。

张锁家的情况比较严峻，他家辛辛苦苦养的羊被洪水冲走，张锁的母亲因此悲痛欲绝，卧床不起。

山上的人穷，家家都只有那么一点点家底，都是千辛万苦攒来的，这点刘勇明白，他只能尽量安慰着张锁妈妈，安慰着张锁，告诉他们一切都会好起来。

王大伯家的耕牛在这场洪水中失踪了。雨一停，王大伯就疯了似的到处寻找，身后还跟着他家养的小花狗。小花狗瑟瑟发抖，毛发紧缩，显然也被这场灾难吓得不轻。

河边的水井旁，河水依然汹涌澎湃，哗哗作响，给本就湿滑的道路增添了几分危险。

面对如此困境，刘勇果断组织起村里的年轻人，开始修补那些因洪水冲垮而不便行走的道路，确保村民们的基本出行安全。

再等两三天，太阳出来了，刘勇就能带人查看梯田的情况了，这是他最为忧心的事，毕竟关系到全村人的吃饭问题。

这次的洪水让刘勇有了迁村的想法，老人孩子们肯定不想走，可是这个地方太贫瘠了，生态恶劣，什么都没有，全靠老天爷赏饭吃，一旦遇到自然灾害，全村人的生计都将受到严重威胁。

好多人家的窑洞也只能勉强住，多数窑洞已经有了裂缝，但大家也没有钱，没法进行整修，真要是出了人命，那可就是天大的事。

摆在刘勇面前的就两条路，一是重新修整田地，把能种的好地都种上，另一个就是外出寻找适合生存繁衍的新家园。

这不仅关乎村子的未来，更涉及每一位村民的切身利益。刘勇深知，无论选择哪条路，都需要极大的勇气和智慧，以及全体村民的理解和支持。

三、寻找新的村址

一个多月过去了，村里的事情终于处理完毕，刘勇和好朋友柱子背着干粮上路了。

他们此行有两个目的，一是寻找村庄的新址，二是顺便打点猎物回来，改善改善生活。

这十来天里，他们在崇山峻岭中穿行，走过荒芜的山坡，蹚过湍急的河流，尽管目前还没有找到理想的村落新址，但他们的意志依然坚定。

柱子深知这份责任的重大，他向身边的刘勇询问道："刘勇哥，咱们出来已经十来天了，走走停停，也走了五十多里路了，还是没有找到一个真正适合大伙儿搬迁的地方，我们还要继续往前走吗？"

他的话语中虽然带着一丝疲惫，却又洋溢着对未来的憧憬。

刘勇停下了脚步，他凝望着远方那片光秃秃的山脊，心中五味杂陈。

他回应柱子道："柱子，我们必须再往前走走，村子的问题就像悬在我心头的一把剑，每到雨季来临，我就担忧不已。万一真的发生泥石流，那后果不堪设想。我在村里反复查看了多次，隐患越来越明显，可村民们习惯了那片土地，祖祖辈辈的情感难以割舍。但作为村长，我有责任带领大家到更安全、更适合生活的地方，所以我们必须忍受疲倦，坚持寻找。”

听了刘勇的话，柱子重重地点了点头，他知道这是为了整个村子的未来，也是为了子孙后代的幸福。

两人再次迈开坚定的步伐，又艰难地跋涉了五里多路。

眼前的景象发生了变化，山上树木逐渐增多，空气也变得湿润起来，阳光透过树叶洒下来，不再刺眼灼热，而是如母亲的手般温暖舒适。

柱子感到身心都得到了极大的放松，他提议道：“刘勇哥，这里环境不错，要不咱们在这歇歇脚，吃点干粮吧。”

刘勇欣然同意，两人便靠着一棵大树坐下来，一边吃着干粮，一边商讨接下来的行程。

四、在山林里遇到打猎的人

刘勇和柱子在林间穿行，一路上随处可见野鸡、野兔和狍子，可他们现在没有心思打猎，只能等往回返的时候再说了。

天色逐渐被夜幕笼罩，森林中的氛围静谧而神秘。

柱子充满感慨地说道：“刘勇哥，这里真是个好地方，按照老话，靠山吃山，靠水吃水，如果我们在这里安家生活，就算单纯依靠打猎，也能生存下来，更何况动物的皮毛还能换取生活物资，比我们的村子强多了。”

柱子的话音刚落，刘勇还没有来得及回应，两人便发现前方不远处闪烁着微弱却温暖的亮光，待走近看时，发现是篝火的光芒。篝火边有三个猎人正在烤兔子，他们看到刘勇和柱子背着弓箭，拿着长矛，以为他们也是猎人，便热情地招呼他们一起吃野兔。

刘勇恭敬地向一位年纪稍大的猎人问道：“大哥，你们是本地人吗？家在附近吗？”

猎人微笑着回答道：“不是，我们也是过来打猎的。听说以前这里有一个村庄，后来都搬走了。”

柱子听闻，满脸疑惑地追问道：“这里看上去挺好的呀，为什么大家要搬走呢？”

猎人轻叹一声，沉重地解释道：“这里是非常不错，气候宜人，猎物也多，又适合人居住，只是不知何时从何处来了一个吃人的怪物，吃掉了好几个人。大家无力抵抗，为了活命，只能被迫搬走了。”

柱子不禁打了个寒战，又问道：“那你们为什么还敢到这里来呢？”

猎人的脸上浮现出一丝苦涩，无奈地说道：“我们住的地方遭遇了山体滑坡，整个村子都被掩埋了，只有我们三个侥幸活了下来。我们本是路过这里，准备前往别处谋求生计。”

刘勇认真听着猎人的诉说，一番思索后，他对猎户说道：“大哥，我们现在也在寻找适合全村人住的地方，你们可以留下来，跟我们一道，联手将这个祸害除掉，然后一起在这里定居，共同生活，你觉得如何？”

刘勇话音刚落，其中一个年轻猎人便兴奋地附和道：“这个主意真棒！”

那个年龄稍大的猎人看了看刘勇，低下头说道：“要是那么容易就好了，要真能把那个怪兽杀死，那当然是最好的事，可是我听说这个怪兽非常凶残，不好对付。”

刘勇道：“大哥，不管如何我们都得尝试尝试，听人说是一回事，自己亲自去做又是另一回事。”

年龄稍大的猎人道：“是这么一回事。”

“兔子肉真香！”也许是饿了的缘故，柱子拿着兔子腿嚼了起来。

五、第一次见到合窳

三个猎人最终同意了刘勇的提议，决定留下来，跟大家一起除掉这个怪兽。

从这天开始，大伙便在这片山林中小心翼翼地寻找怪兽的踪迹，他们谁也没有见过这个怪兽，只听那个年纪稍长的猎人描述过，这个怪兽长得像猪，有着人的面孔，全身覆盖的金黄毛发熠熠生辉，还有一条鲜红的尾巴，发出的声音如同婴儿啼哭，非常容易蛊惑人心，会令人在悲悯与恐惧之间摇摆不定。

山林的气息与山崖大相径庭，山林中的风柔和轻缓，山崖上的风则刚劲凛冽。这里的风温柔细腻，它拂过每一片树叶时，仿佛在诉说着这片土地的宁静与祥和，这也让刘勇更加坚信，把村子迁移到这里是一个明智且富有远见的选择。

众人在林中小心翼翼地行进，当他们来到一块巨石前时，突闻一阵诡异的婴儿哭泣声从巨石后传来。大家都感到纳闷，怎么会有人把孩子放在这空旷的林子里呢？

柱子心急如焚，准备冲上前去查看究竟，却被老猎人一把拉住了。

老猎人提醒众人，根据传说和他的经验，这哭声可能是合窳的诱骗之计。

老猎人道：“你看这偌大的林子，谁会把孩子独自放在这儿呢？我听说合窳的叫声跟婴儿啼哭非常相似。”

老猎人的话让大家瞬间紧张起来，在他的指导下，众人迅速以三面包抄之势，向声音源头靠近。

藏身于树后的猎人们屏息凝神，终于透过枝叶缝隙看见了那个拥有猪形身躯的怪兽合窳，只见它正在吞食一条黑色的蛇。那条蛇很长，可它吃起来却像在吃辣条一样，吃一会儿，停一会儿，还时不时发出婴儿般的哭声，不禁让人背脊发凉。

在老猎人的示意下，大伙儿几乎同时把箭射了出去。被箭镞射中的合窳，只是晃了晃身体，非但没有倒下，反

而发出更为凄厉的哭声，凶猛地扑向他们。

这一突发状况，吓得年轻的小猎人直接趴在了地上。

危急关头，刘勇与另一位猎人毫不犹豫地快速把箭射出，合窳身上多处中箭后，终于摇摆着庞大的身躯逃遁而去。

六、召集年轻人围猎

在茂密的林子里，众人马不停蹄地搜索了六七天之后，始终没有发现合窳的任何踪迹。

大家商量着，单凭现有的人力和精力，继续盲目寻找下去也不是长久之计。

大伙决定先跟刘勇回村子休整几天，然后多召集村子里的年轻人进行围猎。

回到村子之后，刘勇立刻组织了一次全村大会。他坦诚地告诉大家，由于环境恶化，他们必须寻找一个新的居住地，集体迁徙。

此言一出，村民们反应各异，有人对此表示赞同，有人表示反对，也有人犹豫不决。刘勇耐心地把村子的实际情况和新找的地方都详细给村民们说了一下。

新址距离现在的村子不到一百里，那里到处是山林，既能打猎，又能种地，相比现在这个地方要好太多。

新址并非立刻就能搬过去，那里有一只凶猛异常的怪兽，它的名字叫合窳，喜欢吃人，它现在正霸占着那片土地。

为了能够顺利迁徙，建立新的家园，必须首先消灭掉这个巨大的威胁。

组织一支捕猎队，成为当前最紧迫的任务。

半个月后，大家休整完毕，体力和精神状态都有了明显恢复。刘勇召集了村里的年轻人，加上经验丰富的老猎手，总共有二十多人。

他们各自携带了称手的武器，拿刀的拿刀，拿长矛的拿长矛，拿弓箭的拿弓箭，预定了详细的方案，一起向新址出发了。

大家觉得这次出来，这么多人围捕一个怪兽，应该没有什么大问题。每个人分工明确，责任到人，对如何配合都进行了演练。

七、小猎人被合窳吃了

经过几天长途跋涉，大伙抵达了合窳出没的神秘地带。

他们不辞辛劳挖掘了许多陷阱，力求将这个狡猾且凶猛的怪兽困住。刘勇详尽地向大家描述了合窳的特征：体型巨大、力大无穷，且异常机警，任何不慎都可能成为致命的失误。因此，他一再强调纪律的重要性，要求所有人必须团结一致，绝不能单独行动，更不能擅自离开队伍。

漫长的等待过程无疑是最煎熬的，但众人并未因此懈怠。大伙被分成了五人一组，轮流在山林里寻找合窳的踪迹。

合窳非常狡猾，也许是感应到有这么多人在围捕它，半个多月过去了，没有人看到它的踪影。

晚饭时刻来临，天空已笼罩上一层朦胧的暮色，大伙在空地上燃起了篝火，每堆篝火旁有两人负责煮食，其余的人则倚靠在树干旁，分享着各自的见闻和经历。

锅里飘出的饭香勾得每个人的肚子都发出抗议，只听得一声“开饭了”，大伙儿迅速行动起来，三下五除二便将饭菜风卷残云般吃了个干净。

也就是一炷香的工夫，刘勇端着饭碗开始点人数时，他发现小猎人不见了。

他紧张地询问道：“谁看见小猎人了？”

一个青年回忆道：“我记得他说要去方便，我当时也没太在意。”

这一消息犹如冷水泼头，瞬间浇灭了众人刚刚燃起的热情。刘勇心头掠过一丝不祥之感，他知道，在这危机四伏的森林中，独自行动就意味着面临危险。

大伙儿立刻放下手中的碗筷，拿起武器，再度以五人一组的形式分散开来，全力搜索失踪的小猎人。

在一片缓坡之下，他们很快发现了令人毛骨悚然的一幕，合窳正在撕咬小猎人的身体，小猎人的头颅已经消失不见，仅剩下血淋淋的半截躯体。

面对如此恐怖的场景，所有人的箭矢如骤雨般倾泻在合窳身上，但它再次凭借其机警顽强的生命力逃脱了。

此后的日子里，合窳似乎又回到了无形无影的状态，无论人们如何搜寻，一个多月过去，依然没有发现它的一丁点儿踪迹。

面对身心的疲惫以及物资的日渐匮乏，大伙不得不作出决定：先返回村里休整，待恢复体力后，再做进一步打算。

八、组织更多的人围猎

冬天的寒风如刀割般刺骨。刘勇带领着村民们再度围捕合窳，尽管他们经历了严寒与疲惫，但冬日的搜寻依然没有取得预期的效果，合窳如同幻影般消失在了广袤的山林中。

随着春天的到来，大地开始渐渐复苏，地上的野草冒出新绿，山间的蜡梅也静悄悄地绽放出嫩黄的花朵，而刘勇的心境却愈发焦灼不安，他知道，如果不能在春天抓住合窳，一旦到了夏天，遇上连续的大雨天气，洪水将会加剧，这个小村子将面临灭顶之灾，这是所有村民都无法承受的现实。

虽然经过刘勇苦口婆心的劝说，村里的大多数人都同意了搬迁计划，但大家同意搬迁的前提是必须先解决掉合窳这个隐患。否则，即使有了搬迁的想法，也无法付诸行动。

面对这样的困境，村民们意见纷纭。有人提出加固现有的房屋，以抵御可能的灾难，选择坚守；有人则建议组织最后一次大规模的围猎行动，把握最后的机会，在雨季来临之前，彻底解决问题，确保大伙能顺利搬迁。

刘勇深思熟虑后，决定不放弃这最后一次希望。他集结了村里身强力壮的年轻人，以及经验丰富的老猎手，共计三十多人，又一次向合窳活动的那片区域进发。

经过多次与合窳较量，他们逐渐摸清了它的习性和弱点。合窳皮糙肉厚，普通的箭矢无法对其造成致命伤害，而且它性情凶残，稍有不慎就有可能反被其吞噬。

因此，最有效的办法是设置陷阱，而且必须挖得足够深，确保合窳一旦跌入其中就无法爬出，只能困于陷阱内，最终饿死。

大家对这一策略表示赞同，在刘勇的指挥下，五人一组，他们在方圆五里的范围内精心挖掘了五十多个陷阱，并制定了详细的方案：只要有一组发现合窳的踪迹，立即放炮示警，全体人员合力围攻，引导合窳走向预设的陷阱区，这样成功捕获合窳的可能性就会大大增加。

一切准备就绪，围猎再次拉开了序幕。

九、合窳终于被杀死了

春天来了，万物复苏。春风和煦，不再像冬日那样刺骨冷冽，而是带着一丝暖意和生机。这次围猎合窳，每个人都既紧张又充满信心，他们牢记教训，严格遵守纪律，誓不再让小猎人的悲剧重演。

柱子手持弓箭，眼睛犀利地扫视着前方。看到从眼前飞过的山鸡，他心里痒痒的，要不是围猎合窳，他就追着山鸡去了，美味的山鸡肉又能把肚子填得饱饱的。

他提醒大家不要分心，细致观察，看地上有没有合窳的脚印。

又一只野鸡从柱子身边悠然飞过，似乎在考验着他的定力。

柱子心中暗笑，他明白，它们迟早会是自己的猎物，但不是现在，不能因为自己的一时贪念影响了整体的行动。

突然，一声清脆的鞭炮声划破天际，它来自东南方向。

大伙儿立即朝着声音的方向合围过去，只见一头黄毛野猪正在悠闲地享受着地上的蝎子盛宴，一根红色的小尾巴洋洋得意地摆动着。

令人惊骇的是，这头野猪的正面是一张怪异的人脸，它正警惕地环顾四周，那双闪烁着凶光的眼睛，令人心生寒意。

正是这只怪兽夺走了小猎人年轻的生命，老猎人的眼中满是愤怒与仇恨，他们全村仅剩的三名幸存者之一，就这样被它无情吞噬了。

大伙小心翼翼地向前推进，距离目标还有十来米的时候，老猎人果断射箭，合窳受到惊吓，开始疯狂逃窜。村民们紧随其后，形成包围之势。面对众多的追击者，合窳

不敢掉头反击，只能竭尽全力向前狂奔。

刘勇见机行事，指挥众人将合窳驱赶向西北方向。

合窳突然消失在了众人的视野中，原来它掉进了大伙儿预先挖好的陷阱之中。只见合窳在陷阱内拼命挣扎跳跃，尽管它用尽力气，但一切都徒劳无功。

在陷阱边缘，村民们围成一圈，每个人都拿起手中的长矛，刺向了在陷阱中绝望挣扎的合窳。一阵婴儿般的哭声穿透林间，紧接着，合窳重重地倒在地上，再也无法动弹。因担心合窳醒过来再伤害人，刘勇决定让大伙把陷阱填平。

这只怪兽终于被消灭了，大伙儿高兴得嗷嗷叫了起来。

大伙儿想要在林子里打点猎物再回村，刘勇同意了。

几位老者在地上画上棋盘，用小木棍和树叶子当棋子，乐呵呵地下起棋来。

柱子则领着一帮小年轻去追赶野兽，一只野鸡在草丛里觅食，柱子的箭矢飞了出去，野鸡倒地，也不知道这是不是之前气柱子的那只野鸡。

“快过来，快过来！”两个小伙子叫喊着。在一根树杈旁，一头野猪正用背在树上蹭来蹭去，还哼哼着，似乎很享受。

柱子绕到野猪身后，对着野猪连射两箭。野猪发出撕心裂肺的叫声，向柱子狂奔而来。

另一个小青年及时挥动长矛，一枪刺入野猪的身体里，野猪倒在地上不动了。刚才野猪的架势，可把柱子吓了一跳，他半天都没回过神来。

大伙儿打了许多猎物回到村里，乡亲们都非常高兴，家家户户都飘出肉香。

搬迁工作很顺利，房子盖好后，大伙儿陆陆续续都搬了过去。每家每户没有砌墙，只用木棍围了个栅栏。出了院子，就能和邻居相互交谈，大家都夸奖刘勇能干。

雨季来了，大伙儿再也不用担心房屋倒塌了。下雨的日子，人们待在屋子里，喝酒吃肉，欢声笑语不断。

后来，有个年轻人路过原来住的山村，发现整个村子都被泥石流掩埋了。

大伙儿说起这事，都说好险。好在刘勇有勇有谋，聪明能干，带领大伙儿不放弃最后的希望，打死了怪兽，大家现在才能过上平平稳稳的幸福生活。

非凡之愿

鲐鲐鱼 《山海经》之东山经

原　文 又南水行五百里，流沙五百里，有山焉，曰跂踵之山，广员二百里，无草木，有大蛇，其上多玉。有水焉，广员四十里，皆涌，其名曰深泽，其中多蠵龟。有鱼焉，其状如鲤，而六足鸟尾，名曰鲐鲐之鱼，其鸣自训。

译　文 再往南走五百里水路，经过五百里流沙，有一座山，叫跂踵山，这山方圆有二百里，山上没有花草树木，有大蛇，山上盛产玉石。这里还有一方水潭，方圆四十里，整个水面都在翻涌，这潭的名字叫深泽，潭里有很多蠵龟。水中还有一种鱼，形状类似寻常的鲤鱼，却有六只脚，尾巴像鸟的尾巴，名字叫鲐鲐鱼，它发出的叫声便是它自身名字的读音。

一、可怕的沙尘暴

“沙尘暴来了！沙尘暴来了！”小孩子们边跑边叫，稚嫩的叫喊声与风声交织在一起，他们惊恐地从嬉戏玩耍的街道奔逃回各自的家里。

街头巷尾，行人们纷纷朝着有遮挡的地方疾步狂奔。平日里的悠闲步伐，此刻被紧张与惶恐取代。他们在风中摇摆不定，头顶上飞舞着被狂风卷起的木板和棍棒，刮过来的沙粒如同锐利的刀片，无情地抽打着他们的脸颊，带来阵阵刺痛。

仿佛就在一瞬间，那由沙尘聚集成的巨大墙幕，以雷霆万钧之势席卷而来，它层次分明，上层黄沙漫漫，中层灰黑交错，下层则是令人窒息的黑暗，它就像一头吞噬光明的怪兽，将所有的阳光遮蔽，令整个世界陷入一片混沌与昏暗之中，仿佛夜幕提前降临。

在这场风暴中，躲在屋子里的人也死死地抱着屋子里的木柱，恐惧而又无奈，生怕狂风会把房屋连根拔起，自己也被卷入这无尽的风暴之中。

日复一日，年复一年，他们生活在绝望的边缘，与肆虐的风沙抗争，艰难地争取生存的权利。

风沙过后，原本熟悉的街道变得一片狼藉，所有物体都被厚厚的尘土覆盖，像是披上了一件破旧的外衣。

太阳虚弱无力地洒下昏暗的光线，却丝毫没有给人带来暖意，反而让人感受到一种深入骨髓的阴冷。

刘梓终于松开了紧抱的柱子，他看向从破碎木板中挣扎起身的爹娘，心中五味杂陈。他走出屋子，来到满目疮痍的街道上。

刘梓记得，从他记事起，这里就常常风沙漫天，不管在哪都有一层厚厚的灰尘。不过这里的人仿佛已经习惯了，他们好几代人都生活在这里。

只是近年来，风沙灾害愈演愈烈，风沙袭来的时候，听说有的地方半个屋子都会被掩埋，许多人为了生计，不得不背井离乡，远走他乡。

老父老母因为年迈体弱，不愿离开这个生活了大半辈子的地方，刘梓也只能选择留下来，与父母共同坚守在这饱受风沙侵袭的故土。

在刘梓的内心深处，他特别希望这个镇子能在某一天摆脱风沙的袭扰，迎来宁静与和谐，让人们的脸上堆满笑容，太阳出来时也是暖洋洋的。

二、骆驼商队来了

每年的这个时候，当熟悉的“丁零、咚嗒、丁零、咚嗒”声回响在小镇古老的街道上时，镇子上的每一个居民都清楚，他们期待已久的骆驼商队来了。

商队规模宏大，通常由三四十头强壮有力的骆驼组成，按照行内的规矩，十七头骆驼为一小组，并被亲切地称为“一连子”。

从第一头骆驼到第十六头骆驼，每头骆驼的脖子上都挂着沉甸甸的驼铃，它们由坚硬的生铁铸成，直径约四十厘米，形状颇似庙宇中的大钟，尽管发音低沉且穿透力不强，但其厚重的声音能确保商队在行进中及时发现货物滑落或丢失等情况。

第十七头骆驼颈间挂着的是清脆悦耳的铃铛，铃铛由黄铜精心铸造而成，声音清澈响亮，穿透力极强，即使在嘈杂的风沙声中，也能清晰可闻。骑在首驼上的商人只需听这独特的铃声，便能时刻掌握整支驼队的安全情况，确保没有一头骆驼掉队。

骆驼们沿着蜿蜒的道路徐徐前行，那“丁零、咚嗒、丁零、咚嗒”的节奏，就像一首动人的乐章，成了驼队独特的标识。这支驼队通常由五至六个“一连子”组成，每个连子都有专人负责看管。

小镇上的人们听到这悠扬的铃声，纷纷从家中走出，汇集到了热闹非凡的街道上。

有的是为了购买缝补衣物所需的针头线脑，有的是为了添置布匹，还有的要买酒、买茶叶，或者购买其他生活必需品。

这支骆驼商队仿佛一个移动的百货市场，满足了小镇居民一年内对各类商品的需求。

居民们明白，一旦错过了这次机会，就只能等到下一个年度，驼队再次到来之时。也正是因为这个特殊的时刻，平日里略显沉寂的小镇，才会焕发出一丝生机与活力。

长途跋涉的骆驼们也在抵达小镇后得到了难得的休憩时光，它们悠闲地躺在地上，享受着这片刻的宁静与舒适。

赶驼的伙计们则会在夜晚来到镇上的酒馆，美美地喝上一顿，东家此时也格外大方，看着满载的货物逐渐减少，心中美滋滋的。

但美好的时光总是短暂的。大约一个星期之后，驼队又准备出发了。

巧合的是，这次队伍中有一名赶驼的伙计突然病倒，病情严重，只得暂留医馆接受治疗，驼队急需找一个新的赶驼小伙代替他。

刘梓跟爹妈商量后，决定加入这支骆驼商队。他想跟着驼队出去见见世面，更主要的是，他想看看有什么办法可以改变家乡恶劣的环境。

三、昆明的迎客茶

驼队在春暖花开的时节回到了昆明。这是刘梓第一次到南方，看到如此美丽的景色，他陶醉于这迷人的春景中，仿佛置身于世外桃源。

这简直是另外一个世界，如果爹和娘生活在这里，是多么幸福的一件事。

这里没有风沙，四季如春，那灿如云霞的山茶花，娇媚多姿的杜鹃花，像美人脸一样的玉兰花，千娇百媚，总是开得热热闹闹的。

没事的时候，刘梓爱到街上逛，听各种各样的新鲜事，学各种各样的知识，学习这里独特的人文风情。他想把这里的美丽搬回他的小镇，让镇子上的人们也能每天呼吸到新鲜的空气。

昆明人热情好客，喜爱喝茶。当有客人来到家中时，最普遍的做法是给客人品尝九道茶，这也被称作迎客茶。

首先，主人会拿出普洱茶，将其置于茶盘上，让客人观赏茶叶的外形、色泽，并细细品味其香气，这叫赏茶。

接着，主人会拿出茶壶和茶杯，放在茶盘上，用开水冲洗一遍，这叫洁具。

然后，主人将茶叶放入壶中，用水将其冲洗一遍，这叫置茶。

第四步是泡茶，主人会用开水迅速冲入壶中。

第五步是浸茶，冲泡后加盖，轻轻摇动茶壶，再放置四五分钟。

第六步是匀茶，主人会把盖子打开，再次向壶中冲入开水。

第七步是斟茶，主人将茶壶中的茶汤倒入排列整齐的杯子中，从左到右斟至八分满为止。

第八步是敬茶，主人手拿茶盘，按长幼顺序，把茶递给客人。

第九步是品茶，客人拿起茶杯，先闻闻茶香，然后慢慢地将茶咽下去，细细品味。

客人来到家中，这九个喝茶的步骤是必备的。

刘梓所在镇上的人们喝茶，就是把一块砖茶放入一个大茶缸里，倒上滚沸的开水，然后喝上一整天，没有半点情趣，不过是说起来叫喝茶而已。

刘梓来到昆明，喜欢上了喝茶。

驼队雇的伙计解散了，刘梓也面临着归家的选择，他的心里不免有些失落与不甘，最后他做出了一个决定：在昆明落脚，并努力闯出一片天地。

阳光洒满街头，刘梓吃过早饭后，便开始了一天的奔波。

在熙熙攘攘的大街上，他一家接着一家茶店询问老板是否需要雇人手。终于功夫不负有心人，一家茶馆恰好需要雇一个收茶的伙计，老板看刘梓聪明伶俐，又充满求知欲，便决定让他先做着试试看。

收茶的学问太多了，刘梓跟随经验丰富的茶头四处奔走，看色泽，闻香味，谈价格，每一个环节都需用心体悟，虽然又苦又累，但其中也有好多乐趣，还能学到好多知识。半年下来，刘梓仿佛成了一个收茶的老手，什么名震江湖的老班章，鲜为人知的小黑箐，抑或是那罕、昔归、蛮砖等地的茶饼，他都烂熟于心，如数家珍。

日子一天天过去，刘梓心里始终惦记着家里的老爹老娘，他想多挣点钱，多看看世面，再跟着驼队回去。

四、种下的沙棘树死了

几年过去了，刘梓通过自己的努力，成了一位茶掌柜，手里有了盈余。他知道，是时候回家了。于是他把店铺转让出去，跟着一支驼队出发了。

归乡心切的刘梓，一路上听着“咚嗒、丁零”的声音，回到了那熟悉的街道，却发现自己已经有点不习惯这里的漫天尘土了，心中也涌起了一丝无奈。

母亲见到多年未见的儿子，欣喜若狂，高兴得流下了眼泪。父亲还在外面干活没有回来。刘梓发现母亲脸上的皱纹明显多了，头上的白发多得看不到青丝了。

刘梓为没能让母亲过上好日子而感到羞愧，也为这黄沙蔽日的气候感到愤怒。

母亲告诉他，自他走后，沙尘暴越来越频繁，许多村庄已经被沙尘掩埋。大家眼睁睁地看着家园被毁，只能向老天爷祈祷，祈求不要再有风沙，保住他们祖祖辈辈生活的地方。

刘梓回来后，在镇子周围转了好几圈，还请教当地老人治理风沙的办法。一切准备就绪后，他联系了镇长，又拿出了在昆明卖茶挣的大部分钱，号召镇子里的人同他一道种植沙棘。

沙棘的生命力非常强，喜欢阳光，是防沙治沙的绝好植物。只要沙棘成林，就能挡住风沙的侵袭，地下的水土也会得到改良。

刘梓的热情和保护家园的决心感动了镇子上的所有人。镇上无论是老人、小孩还是年轻人，只要有时间，都会到

指定位置来帮忙。大家看着栽下去的一排排沙棘，脸上露出了笑容，他们心里期待着，来年风沙就会减弱，大家的日子也会一天一天好起来。

可是，意想不到的事情发生了，所有的沙棘都枯死了，大家的心情沮丧到了极点，他们认为这是上天在惩罚自己，让他们不得不搬离这个世代生活的地方。整个镇子变得更加沉寂了，几乎听不到笑声。刘梓开始焦虑了，整晚整晚睡不着觉。他决心再一次出走，寻找治沙的良方。

五、刘梓重新回到昆明

太阳悬挂在昏黄的天空中，光芒无力地洒向大地，几片零星的树叶早已被风沙侵蚀得疲惫不堪。原本肥沃的田地如今一片荒凉，远方的村庄在沙尘的笼罩下也变得若隐若现，道路似乎也淹没在了这无尽的沙尘之中。

刘梓拜访了一个又一个有丰富治沙经验的老者，经过无数次请教和实践，他终于明白沙棘枯死的真正原因是缺水。

在这样的环境下，水比金子还珍贵，虽然沙棘的种植并不需要大量的水，但维持其根部湿润也是至关重要的，可频繁的风沙天气总是无情地带走土壤里仅有的水分。

恶劣的环境没有打败刘梓的意志，他坚信梅花香自苦寒来，只有倔强的生命才能获得成功。

他再度踏上了前往昆明的路途，这次没有驼队，只有他一个人。

刘梓的身影在漫天飞舞的风沙中显得格外孤独，尽管有头巾紧紧包裹着头部，但风沙仍然无孔不入，他只能不断用袖口擦拭着被尘土模糊的眼睛，坚定地朝着目的地前进。他打算在昆明筹集资金，以备再次回乡向肆虐的风沙挑战。

几个月的长途跋涉，刘梓脚底的血泡破了又长，长了又破，每行走一步，他都在与疼痛抗衡，但他依然咬牙坚持。

当他终于看到昆明城熟悉的轮廓时，内心涌起无比的欣慰与激动。

昆明的朋友们热情招待了刘梓，听了他对家乡的叙述，了解了他治沙的决心，纷纷表达了支持和敬佩之情，这让刘梓倍感温暖，感动得热泪盈眶。

在朋友们的帮助下，刘梓迅速在昆明开了一家茶店，希望通过经营茶叶生意，积攒足够的资金，然后再回镇子上治沙。从此，刘梓起早贪黑，全身心投入茶店的经营中。

刘梓这般辛劳，好友雷子看在眼里，疼在心上。他邀请刘梓一起去大理收茶，同时也想借此机会带刘梓游玩两天，好让他放松放松。

六、刘梓遇到了鲐鲐鱼

大理的洱海非常美，每当朝阳初升，金色的霞光如同

熔金，染得湖面上泛起一片片金鳞，熠熠生辉，仿佛时间都为之驻足。

洱海虽名为“海”，实则为湖。只因其形状酷似人耳，便被人们亲切地唤作洱海，这名字谁起的也没人知道，只代代相传至今。

在大理，刘梓最钟爱的地方便是洱海，每当心中有困扰，他便独自来到湖边，对着平静的湖水倾诉心事，这样焦虑的心情就会得到纾解。

洱海边的树上没有一丝尘土，洱海的阳光是清亮的，亮得像水晶球一样，散射出五彩斑斓的光，刘梓的爹和娘一辈子都没有见过这么美的景象，他想让爹和娘也能生活在这样的环境中。

想爹娘的时候，刘梓就会坐在一块石头上发呆，静静地凝视着湖面，一坐就是几个小时，仿佛水中藏着解开烦恼的神秘钥匙。

在一个风和日丽的下午，当刘梓再次对着湖水默默倾诉时，神奇的事情发生了，一个声音突然响起：“小伙子，我看你已经在这里坐了一个月了，每天都在对着湖水发呆，你是不是有什么心事呢？”

刘梓四下张望，周围并无他人，疑惑之际，那个声音再度传来：“我就在你的脚下，你低头就能看到我。”

刘梓低头看向水面，发现一条奇特的鱼儿正游动其中。这条鱼外形类似鲤鱼，奇妙的是它的腹部竟然生长着六只脚，像鸟爪一般，而尾巴也如同鸟尾般美丽。刘梓礼貌地回应道："你好，你是洱海的主人吗？"

那条鱼自我介绍道："我叫鲐鲐鱼，世世代代生活在这片水域之中。我拥有心灵感应的能力，尤其是那些对父母充满孝心的人，我能感受到他们的情感波动。正因如此，我察觉到了你内心的忧虑，所以今天选择与你交流，想知道你究竟有何心事。"

刘梓感激涕零，忙双手合十向鲐鲐鱼行礼，随后又坐在石头上，将家乡发生的事情，以及自己心中的愿望，向鲐鲐鱼娓娓道来。

听完刘梓的讲述，鲐鲐鱼感慨万分，道："我欣赏善良的人，我敬佩有孝心的人，我尊重有责任心的人，这些品质在你身上得到了完美的体现。因此，我愿意帮助你实现这些愿望，但在这之前，你需要帮我完成三件事，你有信心做到吗？"

刘梓坚定地回答道："我会竭尽全力去办，不论何事。请告诉我吧。"

七、鲐鲐鱼要刘梓完成三件事

在洱海畔，刘梓静静地坐在石头上，思绪万千。

鲐鲐鱼要他完成的三件事都不难，难的是需要一直坚持，这些事看似平常，实则隐藏着鲐鲐鱼深刻的用意。

第一件事，是每天去给昆明城的孤寡张大爷挑水，挑满一年。这是对坚持与责任的考验。

第二件事，是帮助茶农制出最好的普洱茶。这是对技艺与毅力的锤炼。

第三件事，是把今年赚的钱全部交给寺庙，再由寺庙分发给穷人。这是对爱心和责任感的考验。

鲐鲐鱼交代完这三件事，接着对刘梓说道：“你要是找我，就还坐在这块石头上，对着水面用手掌拍三下，我就会来见你。祝你好运。”说完潜入了水中，水面上立刻冒出了一串水泡。

人们在做一件事时，往往刚开始容易，越到后面越难。那是因为在做事情的过程中会遇到一系列的困难，这时候，有的人会咬咬牙坚持下去，而有的人则快坚持到最后却放弃了。这就是人们会崇拜英雄的缘故，因为英雄往往是经历大浪淘沙后达到目的取得成功的那个人。

跟鲐鲐鱼约定的一年中，刘梓风雨无阻，每天都会把张大爷的水缸挑得满满的。他联合茶农，汲取不同的发酵经验，经过多次试验，终于做出了昆明城人人爱喝的一款新茶。

他把一年来挣的钱全部捐给了寺庙，最初他的思想经过了一番挣扎，因为他辛苦一年攒下的钱并不仅仅是为了自己，他原本是要用这些钱买沙棘树苗的。但最后爱心战胜了理智，刘梓明白了一个道理，爱是不分彼此的，哪里需要爱，就把爱心播撒到哪里。

刘梓做完这三件事后，在一个清晨，他对着湖面击了三掌。

片刻过后，鲐鲐鱼钻出了水面，道：“我对你完成的三件事很满意，我之所以让你做这三件事，是希望你能自律，有恒心、爱心。这些你都做到了，我现在就帮你达成愿望。请你现在把你的愿望告诉我。”

刘梓望着鲐鲐鱼，心里有种说不出的滋味，委屈、不甘，各种各样的情绪，一下子搅和在一起，五味杂陈，但他心里更多的是惊喜，他感觉幸福来得太突然。

他虔诚地对鲐鲐鱼说道：“我希望沙棘树苗能在我的家乡存活下来，让我家乡的小镇也能变成青山绿水，乡亲们再也不用生活在风沙中。”

鲐鲐鱼道：“这一切都不是问题，我都能帮你达成。这个月十五，太阳光直射在你坐的这块石头上的时候，会出现一个有鲤鱼图案的玉佩，你把它取来戴在脖子上，回你的家乡。我就住在这玉佩里，你把需要种植的地方告诉我，我就会帮你实现你的愿望。”

刘梓听了半信半疑，但他还是回答：“好的。”

一切仿佛梦境般，但刘梓明白，无论前方等待他的是什么，只要自己心中有爱，有信念，有坚持，就没有不能实现的梦想。

八、刘梓的心愿达成

十五这天，彩霞满天，是一个好日子。

刘梓早早来到与鲐鲐鱼约定的地方，阳光在地上慢慢移动着，当直射在石头上的时候，奇迹出现了，一块椭圆形的带鲤鱼图案的玉佩出现在了石头上。玉佩上的鲤鱼栩栩如生，仿佛随时会跃入水中。玉佩上有一个孔，还穿着一根红绳。

刘梓跪下，向玉佩拜了三拜，然后将它挂在了自己的脖子上。此刻，他心中充满了对未来的期待，他迫不及待地想要回到家乡，将这个好消息告诉父母和乡亲们。

这次回家，虽然刘梓还是一个人，但他感觉自己并不孤单。因为他知道，鲐鲐鱼在陪伴着他。他骑着一匹千里马，一路飞驰，几天后终于回到了家中。

母亲正在灶旁做饭，父亲在炕上抽烟。看到刘梓回来，母亲高兴地站起来，拉着刘梓的手左看右看，眼中满是疼爱。母亲心疼地问道："儿子，你看你瘦了不少，一定吃了不少苦吧？"

刘梓笑着摇摇头，说道："娘，我没事，我很好。"

父亲也招呼刘梓道："儿子，快洗手洗脸，准备吃饭吧。"父亲的话不多，但却体现了对儿子满满的爱。

父亲又对母亲说道："老婆子，儿子回来了，炒两个菜，我跟儿子喝点酒。"语气中充满了自豪和骄傲。

母亲看着刘梓问道："儿子，你这次回来还走吗？"

刘梓答道："娘，我不走了，我找到了治沙的有效方法。但是现在还不能告诉您，过几天您就知道了。"

母亲点了点头，说道："吃完饭好好休息休息，今天哪儿也别去了。"

刘梓点点头回应母亲道："好的母亲。"

休息了两天后，刘梓戴着玉佩，马不停蹄地走遍了镇子的每一个角落。在晨曦刚刚露出一点点的时候，刘梓按照鲐鲐鱼的吩咐，将玉佩拿在手中，在沙地上画了起来。

奇迹出现了，凡是被玉佩画过的地方，都长出了一棵棵茁壮的沙棘树。这些沙棘树排成一排，仿佛一道绿色的屏障，将整个镇子围在了中间。

第二天，人们看到镇子外突然长出的沙棘树，都认为这是上天对他们的恩赐。从此，镇子里的人们不再抱怨，不再懒惰，大家都勤勤恳恳地工作，和和睦睦地相处，仿佛一家人一样。

后来，在鲐鲐鱼的帮助下，镇子中间出现了一个水塘，下面有几个泉眼，不停地喷涌着清澈的泉水。

这么清亮的泉水，是镇子里的人从来没有见过的。大伙在镇子里又栽了好多树，因为有水了，树也都活了，镇子上绿阴冉冉，成了一个传奇的地方。

镇子上的人一代一代地生活在这里，他们谁也不知道那沙棘树是怎么一夜之间长起来的。

阿东的故事

毛民国 《山海经》之海外东经

原　文 毛民之国在其北，为人身生毛。一曰在玄股北。

译　文 毛民国在玄股国的北面，国中的人全身长毛。还有一种说法认为毛民国在玄股国的北方。

一、阿东想去读书

村子里的张猎户是方圆三十里内闻名遐迩的猎手，凭借精湛的狩猎技艺和无人能及的高超箭术，张猎户在乡亲们心中有很高的威望。

每到打猎的季节，丛林里的动物都长得肥硕了，张猎户便会带上他的猎狗，手持那张跟随他多年的弓箭，走进茫茫山林之中。

无论是身形矫健、机敏狡猾的狍子，还是机警凶暴、夜间出没的狼群，甚至是迅疾如风的兔子、警惕性极高的野鸡，只要进入张猎户的视线范围，便几乎无处遁形。

他每一次瞄准，每一次射出箭矢，都如同发出一道精准无比的指令，顷刻间将猎物锁定，实现一击必杀。与张猎户一起狩猎的人，无不对他推崇备至。

村子里的孩子皮实，身体好。阿东没事的时候，也经常跟着张猎户打猎，别看阿东年纪小，却非常机警，兔子、野鸡也经常被他拿下，村里人都夸阿东长大是个好猎手。

张猎户是见过世面的人，他认为，如果让阿东一辈子打猎，会把孩子毁了，正好阿东也一直嚷着想读书。

阿东想读书的念头，是受他刘伯的影响。刘伯曾经走南闯北，后来隐居到这里，跟张猎户成了最好的兄弟。

刘伯把阿东当亲儿子一样对待，经常给阿东讲山外面的见闻，惹得阿东心里痒痒的。

为了让阿东好好学习，长大能光宗耀祖，张猎户在镇子上买了个院子，把全家都搬到了镇子上。

搬到镇子上去住，最高兴的是阿东。以前张猎户答应过儿子阿东，要让阿东有书读。现在都开始收拾东西了，明天就要去镇子上，阿东的小心脏高兴得咚咚跳个不停。

阿东看到阿爹还在屋里忙东忙西，他也帮不上忙，于是跟阿爹打了一声招呼就出来了。

阿东从屋子里出来，直奔后山山顶。阿东环顾四周，绿意盎然的树林、层峦叠嶂的远山、蜿蜒流淌的小溪，每一处景色都深深地烙印在他的心底。

阿东蹲下身子，捡起一块光滑的石子，轻轻地摩挲着，仿佛能从中感受到山的灵魂。

后山是他常来玩的地方，他想再看看这里，跟他的好朋友再说说话。这是他跟朋友的秘密，连阿爹都不知道。做人要讲信用，这是张猎户经常教育阿东的，阿东也一直是这么做的。

二、水潭里住着毛民国的人

阿东来到后山的山洞口，沿着蜿蜒曲折的小径，深入洞中。约莫在山洞里走了五十米，前方豁然开朗，一个碧波荡漾的水潭出现在阿东面前。

阿东站在水潭边，朝着水潭拍了三个巴掌，声音在空旷的洞穴中回荡。一会儿，平静如镜的水面开始泛起涟漪，紧接着，水潭深处冒出来两个身影，一老一少，个子矮小，只有一米五左右，他们的全身覆盖着如同豪猪硬刺一般的黑毛，毛发浓密而坚硬，在微弱的光线照射下，闪着幽暗的光泽。

只有那张跟人脸一样的脸上是干干净净的。如果把他们的脸蒙住，人们会把他们当成是野兽。

他们是生活在水中的毛民国人，平日里大都隐匿于水底，只有在特定的时候才会浮出水面，到陆地上活动。

一个阳光斜照的午后，阿东来到山洞里玩，看到浑身长毛的大毛人和小毛孩，惊恐不已。只见那个年长的大毛人满脸焦急，嘴里发出哇哇哇的叫声，手舞足蹈地指向小毛孩，仿佛在试图表达着什么。

经过片刻观察，阿东才意识到原来小毛孩是生病了，他的脸色苍白，气息微弱，令人心疼。而大毛人虽然无法用人类的语言交流，但从他焦灼的眼神和紧张的动作中，阿东感受到了一种深沉的父爱。

于是，阿东鼓起勇气，决定帮助这两个陌生又无助的生命。他运用平时从爷爷那里学来的草药知识，跑出山洞，在附近的林子里找了一些具有疗愈效果的草药。

回来后，他引导小毛孩嚼碎草药，将汁液咽下。没过多久，小毛孩的脸色逐渐恢复红润，病痛也得到了缓解。

自此之后，大毛人和小毛孩对阿东充满了感激之情，他们之间的隔阂被温情与理解打破，他们也逐渐成为亲密无间的朋友。

在这个幽深水潭的下面，有一条神秘的暗河，河的另一边，是小毛孩他们的温馨家园。一次，小毛孩和爸爸外出玩耍，不幸火山爆发，暗河被堵死了，他们再也回不去了，只好留在了这里。

遭遇了如此巨大的变故，是非常不幸的，好在他们有乐观的天性，加之后来又认识了阿东，阿东为他们的生活注入了一丝温暖和希望，让他们原本孤独的日子有了更多的欢笑与陪伴。

由于特殊的生理条件限制，他们的皮肤无法长时间离开水，否则便会迅速干裂，进而危及生命。

因此，除了与阿东相约的时刻，他们大多时间都生活在水潭里。

现在阿东要走了，他有点放心不下毛民国的两位朋友，就偷偷过来看看他们，跟他们道个别。

小毛孩知道阿东要离开他们，急得直摇头，自从阿东救了他以后，他就常常出来跟阿东玩，慢慢地他们已经能用语言交流了。

小毛孩害怕失去唯一能理解接纳他们的朋友，更害怕再次陷入孤独。

阿东见状，心生怜悯，轻抚着小毛孩的头安慰道："别担心，我虽然要离开一段时间，但我一定会经常回来看你们的。而且，我会尽我所能去寻找方法，帮你们去掉身上的毛发，解决你们不能离开水生活的问题，让你们能够像正常人一样，自由自在地在陆地上生活。"

听到阿东的承诺，大毛人和小毛孩眼中闪烁着感激的泪花，他们用力抱住了阿东，用最真挚的情感表达对他的感谢和祝福。

三、阿东进了学堂

阳光明媚，阿东背着妈妈亲手缝制的新书包，高高兴兴来到学堂。学堂格外宽敞明亮，摆放着两排整齐的木质桌椅，二十多个小孩，一个挨一个，整整齐齐地坐在各自的座位上。

学堂正面的显眼位置放着一把藤椅，老先生在上面坐着，左手拿着一把戒尺，右手拿着一本书。老先生的鼻梁上架着一副圆圆的老花眼镜，他看人的时候会低下头，用余光打量对方，样子虽然死板，但人很和蔼。

阿东恭敬地走到老先生面前，深深地鞠了一躬，然后等老先生发话，安排自己坐到座位上。

老先生讲话速度很慢，他招手让阿东坐到了教室的中间。随后，老先生开始一字一句地朗读文章，孩子们也跟着一字一句地朗读，读书声整齐而洪亮，传得很远很远。

孩子们往往是最快熟的，但是孩子们的友谊常常来得快去得也快。

阿东只想好好读书，不想被外界干扰。所以，无论面对哪个孩子，阿东总是满脸笑意。即使和同学发生了一些不愉快的小事，阿东也总是选择委屈自己，以求息事宁人。

然而有几个孩子很是瞧不起从山里来的阿东，他们见阿东穿着粗布衣服，一看就是穷人家的孩子，阿东跟他们坐在一间教室让他们感到很不爽。于是，这几个孩子常常故意找茬，对阿东进行挑衅和嘲笑，并以此为乐。

这几个坏孩子的行为像一把无形的尖刀，深深刺痛了阿东的内心。更糟糕的是，这几个坏孩子还试图煽动其他同学孤立阿东，使得阿东原本单纯的求学之路变得异常艰辛。

渐渐地，阿东开始感到自卑，那份自卑感在他心中慢慢生根发芽。他开始怀疑自己，觉得自己也许就是命中注定只配一辈子打猎，不配在这里读书。

这种被同学排挤欺负所带来的心理压力，加上内心的苦闷，导致阿东的学习成绩开始下滑，原本热爱学习的心也逐渐冷却了下来。

阿东感到越来越苦闷，学习成绩也越来越差。更糟糕的是，接下来发生的几件事情，让阿东更加苦恼，使他陷入了更加艰难的境地。

四、阿东被同学欺负

放学了，孩子们背着书包纷纷离开学堂往家走，当阿东走到一条寂静无人的巷子时，身后传来了一阵熟悉的脚步声。

只见平日里总爱欺负他的三个同学并排走了过来，他们故意靠近阿东，其中一个更是恶作剧般用力一挤，阿东猝不及防，身体瞬间失去平衡，险些跌倒在地，他挣扎着稳住身体，满是惊愕与愤怒。

阿东尚未回过神来，只见其中一个同学一屁股坐在了地上，另外两个则大声嚷嚷起来："你走路不长眼睛吗？把人都绊倒了，连句道歉都没有！"

阿东看了他们一眼，尽管内心愤慨，但他深知多一事不如少一事，他决定忍气吞声，什么也不说，绕开他们继续前行。然而，这并没有让那三个小孩罢手，只听其中一个喊道：“你一声不吭就是心里有鬼！想走，没那么容易。”话音未落，三个小孩一拥而上，挡住了阿东的去路。

面对对方如此无理取闹，阿东压制住内心的怒火，冷冷地问道：“你们到底想怎么样？”一个孩子嚣张地说：“这个简单，只要你跪下来给我们三个每人磕一个响头，我们就放你过去。”

听到这般无耻的要求，阿东紧握双拳，骨节因愤怒而微微发白。明明是他们在欺负人，现在却颠倒黑白，仿佛自己成了过错方。阿东强忍着心中的怒意，脸上憋得通红。

这三个小孩看到阿东气得脸色铁青，非但没有收敛，反而更加得意忘形。“乡巴佬，学习又那么差劲，还敢不服气？”

这一刻，阿东再也无法忍受侮辱和欺凌，胸中的怒火犹如火山爆发般喷薄而出。他毫不犹豫地冲向那三个小孩，展开了反击。

在山间锻炼出的强壮体魄让阿东在短短时间内就占了上风，只见他三下五除二就将那三个小孩打倒在地，然后才闷闷不乐地回家了。

第二天，三个坏小孩一早就到老先生面前告状，他们满脸委屈，说阿东在放学路上如何“欺负”他们。

尽管老先生对阿东平日里的表现有所了解，但听了三个坏小孩的话，也没好好调查，就对阿东进行了一番批评教育。

面对这突如其来的责备，阿东心中积压的愤怒终于像决堤的洪水般汹涌暴发。他感到无比憋屈和痛苦，一时间萌生了再也不想上学的念头。

夜幕降临，张猎户回到家中，看到儿子阿东独自躺在炕上，沉默不语，不由得一阵担忧。

他靠近阿东，轻声询问发生了何事。阿东此刻再也忍受不了内心的苦楚，便将这段时间以来在学堂所受的种种困扰，一股脑儿全倾诉了出来，无一遗漏。

张猎户听了儿子的述说，沉思片刻后语重心长地说道："孩子，读书学习是你自己的事情。在你成长的道路上，你所遇到的人，不论是善待你的还是恶待你的，对于你来说，都只是短暂的过客。他们对你的看法和所做的行为，并不能决定你的价值。但你若因此而放弃自我，让这些人轻易影响你的未来，那你就会陷入困境，甚至成为一个一事无成的人。你是想成为有用之才，还是变成一个无所作为的废人呢？"

阿东听到父亲的话，眼中闪烁着坚定的光芒，他坐起身来，坚决地说道："爹，我当然愿意成为一个有用的人，我热爱读书，可他们总是孤立我。"

张猎户拍了拍阿东的肩膀，继续开导道："记住，生活中很多事情都是双向的。只要你自己不去过分在意别人的言行，专注于自己的学业，慢慢地，他们会觉得无趣，自然会停止无聊的挑衅。而且，当你的学习成绩显著提高，展示出自己的实力，那些曾经嘲笑你的人也会对你刮目相看。你现在要做的就是心无旁骛地好好学习，不要因为一时的挫折就退缩放弃，这不是我们张家人的作风。”

听完父亲的一席话，阿东恭敬地回答道：“好的爹，我知道错了，我会振作起来，加倍努力学习。”

五、阿东又见到了毛民国的朋友

自卑感的形成并非一朝一夕之功，所以，它自然也无法在短时间内消失得无影无踪。

阿东回到学堂后，仿佛给自己穿了一件无形的铠甲，他选择将自己封闭起来，无论好孩子还是坏孩子，他都尽量不与他们说话。渐渐地，他变成了一个沉默寡言的孩子，不再像从前一样笑脸对待每一个人。

人是需要与人沟通和交流的，长期的自我封闭不仅无法解决问题，反而可能导致情绪压抑，进而产生抑郁倾向。遗憾的是，此时的阿东尚未意识到这一点，他沉浸在自己的世界里，努力适应这种自我保护的方式。

张猎户注意到，自从他和阿东聊过天后，阿东变得安静了许多，不再哭泣，也不再欢笑，每天回到家就只是拿着书看。张猎户说不清哪里不对劲，但心里总感到一丝隐隐的不安。

放暑假了，阿东想回村里看看一起长大的玩伴们，张猎户同意了，他把阿东送到了刘伯家，然后就回镇子上了。

阿东回到从小生长的山村，感觉心上套的盔甲一下子解除了。在这里，没有伪装，没有痛苦，没有人与人之间的防备，大家的内心都是单纯的。

阿东现在最想见到的就是毛民国的两个朋友，小毛孩和大毛人。

来到水潭边，阿东击了三次掌，小毛孩和大毛人就从水里钻了出来，他们高兴地拥抱在一起。

小毛孩提议一起去捉蝴蝶，他们走出洞外，心情格外舒畅。今天的阳光分外耀眼，可能是因为老朋友相聚，每个人都特别高兴。

蝴蝶翩翩起舞，惹得大家在后面追赶着。他们没有烦恼，只有开心和快乐。

玩着玩着，小毛孩发现阿东有时会发呆。他问阿东有什么心事，阿东起初不想说，但禁不住小毛孩的再三询问，只得向他讲述了自己在学校的遭遇。

六、小毛孩和阿东谈心

小毛孩告诉阿东，有些事得学会自己扛，还得学会与自己和解。

小毛孩说，当他回不了家园的时候，他感觉快要疯掉了，所有的亲人都见不到了，他只能一辈子在一个陌生的地方孤独终老。

他的父亲成天唉声叹气，父亲活下去的唯一支撑是他，为了照顾他长大，父亲只能坚持，而他自己也觉得过一天算一天，只是因为他心疼父亲的付出。

也许是上天给的缘分，那天他们在洞里遇到了阿东，并与阿东成了朋友，他看到了希望，不再感到孤独，觉得只要自己坚强起来，一样会活出精彩。

小毛孩对阿东说道："学堂里那么多孩子，有对你好的，也有对你不好的。你因为之前的遭遇，不想理任何人，这样就把对你好的同学也排除在外了。你要重新试着跟同学们接触，把自己的信心拾起来，把自卑丢掉，把学习成绩提上来，之前那个乐观自信的阿东自然而然就回来了。"

阿东听了小毛孩的话，心头的阴霾仿佛被阳光驱散，他的世界变得明亮而开阔。他深刻理解到，人不管遇到什么困难，都不可怕，可怕的是放弃自我，把自己封闭在一个黑暗的世界里，永远看不见光明与希望。

一只小兔子在草地上蹦跳着，两只眼睛骨碌碌地转着，十分可爱。现在的阿东，不管看到什么，都觉得是那么的美好。

愉快的日子总是那么短暂，阿东的假期一晃而过。张猎户来到了小山村，又把阿东接到了镇子上。阿东想把小毛孩和大毛孩的事告诉老爹，但想想又觉得还是以后再说比较稳妥。

新学期开学了，阿东把所有心思都放在了学习上，遇到事情也能不卑不亢冷静处理，与同学之间的关系也慢慢好了起来。

阿东也更爱干净了，虽然穿的是粗布衣服，但他每天都请妈妈洗得干干净净的，自己也每天洗脸、洗脚、洗脖子，内务也整理得干净整齐。

阿东的学习效率显著提高，不仅在课堂上能专心致志地听课，而且在阅读时也能深入理解和领悟书中的内容。

阿东勤奋好学，遇到难解的问题就向老先生和学习好的同学请教。经过不懈努力，他对字、词、义的理解达到了一个新的高度，多次得到老先生的表扬，连以前跟他不对付的几个同学也开始主动与他和解。

镇子里发生的一件事更让阿东声名鹊起，在这一事件中，阿东展现了他非凡的智慧和勇气，进一步赢得了大家的认可与尊重。

七、父子俩打死了两头狼

放学回家的路上，阿东路过镇上的公告栏，只见那里围满了人，大家议论纷纷。他挤进人群中，发现墙上贴着一张崭新的告示，上面的墨迹还未干透。

告示上赫然写着：近日来，我镇附近山林频发狼灾，已有数名过往行人被狼群袭击咬伤，甚至有人因此丧失生命。衙门虽已组织专门的捕狼队进行围捕，但由于狼群狡猾且数量众多，至今收效甚微，未能有效解除狼患。为此，特此公示，如有英勇之士能成功捕获狼群，衙门将给予丰厚奖赏。

阿东心头一紧，他知道这直接关系着大家的生命安全。回到家后，他立即将告示上的内容详细转述给了父亲张猎户。

张猎户听罢，脸色凝重，他沉吟片刻，最终决定挺身而出，为民除害。于是他带着阿东再次来到公告栏前，当众揭下了那张榜文。

看着父亲坚毅的身影，阿东深受触动，他希望能与父亲并肩作战，共同对抗狼群。

于是，他鼓足勇气向父亲提出请求，希望自己也能一同前往，成为父亲的得力帮手。

面对儿子的请求，张猎户内心五味杂陈，他的眼中流露出深深的担忧和犹豫。一方面，他担心阿东年纪尚小，学业未竟，若此时参与捕狼，可能会耽误学习；另一方面，他更担心的是，凶猛的狼群会给阿东带来不可预知的危险。但阿东态度坚决，父亲就答应了他的请求。

决定随父亲一同捕狼的那天，阿东忐忑不安地来到学堂。他鼓起勇气，满是歉意地看着老先生，谎称家里有急事需要他回去帮忙，老先生便同意了他的请假。

阿东回到家中，父亲张猎户早已准备好一切，他正细致地擦拭着自己的弓箭，又特意为阿东找了一把合适的弓箭。在村子里，阿东就以机灵勇敢被大家称道，他一直是父亲的好帮手。这次也不例外，父子俩默契十足地开始策划围捕狼群的行动。

他们沿着镇子周边的小路仔细观察地形地貌，最后选择了一个最佳设伏地点。夜晚，他们潜伏在山林中，白天则深入山谷、田野，布置陷阱，撒诱饵，准备随时与狼群正面交锋。

然而，时间一天天过去，狼群却仿佛一夜之间从这片土地上消失了一般，父子俩尽管连续转战数日，但始终未能发现狼群的踪迹。

他们深知，狼群并未真正离开，只是变得更加狡猾和隐蔽了，而他们的任务就是找出狼群的藏身之处，彻底解除这场狼患。

天渐渐地黑了下来，天地间一派朦胧。一条乡间小路上，有一老一少正在匆忙赶路。

路旁有一棵高大的树，张猎户和阿东正躲在上面。上次的恶狼咬人事件就发生在这附近，所以，阿东和父亲便决定在这里守株待兔，看看狼是否还会出现。

果不其然，没过多久，三匹狼便从田埂慢慢地向官道靠近了。

那一老一少还不知道危险已经降临，他们只知道黑夜已经来临，便加快了脚步，希望能尽快赶到镇子上。

就在这时，一声狼嚎突然响起，三匹狼迅速向那两个人扑去。就在这千钧一发之际，两支箭射了出去，两匹狼倒在了地上，剩下的一匹也吓得落荒而逃。

张猎户和阿东迅速跑过去，扶起被狼吓得倒在地上的老少二人，他们成功保护了这二人的安全。

阿东和父亲把狼抬回了家里。第二天，衙门的墙上贴出了告示，上面写着张猎户捕获了两匹狼，让大家别害怕，同时也提醒大家注意安全，因为剩余的狼可能会逃窜。

又过了几天，在捕狼队和张猎户的共同努力下，剩余的狼终于被剿灭了，大家再也不用担心会受到狼的威胁了。

为了表彰这次成功的除狼行动，衙门给张猎户、阿东以及捕狼队的成员都戴上了大红花，并让他们绕着镇子走一圈，接受大家的谢意。

张猎户的功劳最大，他和阿东走在队伍的最前面，受到了路边群众的夹道欢迎。大家都对他们竖起大拇指，称赞他们是捕狼英雄。

八、阿东的自信回来了

学堂里同学们都已整整齐齐坐到了座位上，老先生也在藤椅边站着，阿东背着书包走进教室，教室里立即爆发出一阵热烈的掌声，老先生一边鼓掌一边说道：“欢迎我们的捕狼小英雄阿东！想不到阿东小小年纪竟有这般身手。”

原来，人们都在聊捕狼的事，好多同学放学回家后，才知道他们的同学阿东也参与捕狼了，领头的就是他爹张猎户。同学们都为阿东的表现感到自豪，于是，今天早上都早早来到学堂。当老先生知道阿东因为要去捕狼而请假，又怕他担心，所以没有告诉他原因，老先生为阿东能从细节上体贴他人而感到高兴。

老先生的表扬、同学们的赞许，弄得阿东都有点不好意思了。

阿东谦逊地跟同学们说道：“谢谢大家的表扬，其实这没有什么值得骄傲的。我从小跟着我爹打猎，为民除害是我应该做的事。”说完他对着大家深深鞠了一个躬，大家又报以热烈的掌声。

现在的阿东已经没有丝毫的自卑心理了，他的身上充满了正能量，他的学习成绩也让人刮目相看。

其实，一个人的成长全靠自己，当遇到困难时，没有谁能真正拯救你，只有自己才能拯救自己。

由于阿东能及时调整心态，走出自卑，又能及时把学习成绩提上来，还跟同学们都搞好了关系，现在不仅没有同学欺负他，还有很多同学崇拜他，阿东的自信心又回来了。

又过了几日，阿东把大毛人和小毛孩的事告诉了父亲张猎户，他想找老中医给他们看看，希望可以帮助他们回归这边的正常生活，没有想到父亲痛痛快快地答应了，并找了当地最有名的老中医去帮助毛民国的两位朋友。

老中医听了阿东的叙述，眉头紧皱，沉思片刻后他坚定地点了点头，表示愿意尽力相助。

经过老中医的努力，大毛人和小毛孩的脱毛问题逐渐得到改善，皮肤也不再惧怕脱水的问题。

随着时间的推移，大毛人和小毛孩也都来到了镇子上，跟阿东在一起快乐地生活着。

不懂装懂的竦斯

竦　斯 《山海经》之北山经

原　文 又北三百二十里，曰灌题之山，其上多樗柘，其下多流沙，多砥。有兽焉，其状如牛而白尾，其音如训，名曰那父。有鸟焉，其状如雌雉而人面，见人则跃，名曰竦斯，其鸣自呼也。

译　文 再往北三百二十里，有座灌题山，山上有很多臭椿树和柘树，山下遍布着流沙，出产大量的磨刀石。山里有一种野兽，外形像牛，有一条白色的尾巴，它的叫声像人在高声呼喊，它的名字叫那父。山里还有一种鸟，长得像雌野鸡，有一张跟人脸一样的面孔，看见人就跳跃不止，它的名字叫竦斯，它的叫声就像是在喊自己的名字。

一、山林里有一只叫竦斯的鸟

在静谧的深山中，生活着一只独特的鸟儿，它的外形酷似雌性野鸡，却长着人的面孔。它有个奇特的名字，叫作竦斯。

它整天在这片熟悉的山林中穿梭奔跑，日复一日的单调生活令它倍感无聊。每当寂寞难耐之时，它便会在林间自言自语，一遍遍呼唤着自己的名字：“竦斯，竦斯。”

这声音在山谷间回荡，仿佛在与天神对话，但这实则是竦斯在慰藉自己内心的孤独。

这座山上的树特别多，有刺槐、侧柏、橡树、栗子树、柿子树、桃树。刺槐开花的时候，花香四溢，蜜蜂是常客，成群结队地在槐花上采蜜。

桃树开花的时候，成片成片的，红白粉嫩的花朵，远远望去就是一片粉色的海洋，美得让人窒息。

柿子树最美的时候，是柿子成熟的时候，树枝上挂满了黄澄澄的果实，互相依偎着，丰收的景象带给人们无比的满足和喜悦。

在这众多的树木中，竦斯最喜欢的还是橡树，那粗壮高大的树冠，可以遮风挡雨，给它安全感，它常常从一棵树跳到另一棵树，就这样跳着跳着，时间就过去了。

太阳往西边下沉的时候，天空洒下温暖的余晖，太阳被描成一个巨大的火球，缓缓下沉。

竦斯特别爱看此时的景色，即便有猛烈的山风吹过，吹得他的羽毛猎猎作响，也丝毫不能动摇它欣赏美景的决心。

面对天地间的这番大美，竦斯无法用言语准确表达内心的情感，这景色对它意味着什么，它也说不清，只能简

单概括为两个字：喜欢。

直到有一天，一个采药人在山里迷了路，来到了竦斯所在的山林。

采药人在下山时，不慎扭伤了脚踝，疼痛难忍以至于无法行走。正在这时，竦斯注意到了他的情况，毫不犹豫地主动伸出了援手。

竦斯迅速飞到山上，衔来一味草药，帮助采药人治好了脚。后来，一人一鸟成了好朋友。

二、竦斯被采药人带到医馆

在这个静谧的小镇上，有一座享誉四方的医馆。竦斯跟随采药人来到医馆，采药人将自己在山上的遭遇告诉了老掌柜。

老掌柜宅心仁厚，为竦斯的善心所感动。为了报答竦斯，老掌柜询问它有什么要求，竦斯告诉老掌柜，它想留在医馆，因为在深山里的生活太寂寞了。

老掌柜热情地接纳了竦斯，答应让它留在医馆生活。

在医馆门口，老掌柜悬挂了两根绳子，绳子间系着一根木棍。竦斯每天就站在木棍上，全神贯注地注视着每一个细节，观察老中医为病人开方治病。

医馆每天都有很多病人，由于来看病的人太多，大家在等待时会相互聊天，聊各自的生活琐事与病情体验。这些日常对话，让竦斯学到了不少知识。

随着时间的推移，竦斯渴望能为医馆尽一份力，做一些力所能及的事，老掌柜思索之后，决定让竦斯承担起传递药方的任务。

每次老中医开出药方后，竦斯便将药方衔在嘴里，精确无误地送到抓药师傅手中。凭借聪明才智和过人的记忆力，竦斯逐渐将老中医的各类药方熟记于心。

有一次，一位病人还未详细描述完病症，站在木棍上的竦斯竟抢先说出了病因及治疗方案，令众人惊讶不已。

很快，这个消息如野火燎原般传遍了整个小镇，大家传说医馆里有一只神鸟，什么病都会看。来医馆看病的人越来越多，而且有些病人指明要竦斯诊治。经竦斯开出的药方，没有一个不起疗效的。

其实，这都是老中医的功劳，竦斯只是凭记忆说出了药方而已。对于一些疑难杂症，竦斯从来不开口。但人们只记住了它说的话，却忽略了它没有开口的时候。

在一片赞誉与崇拜声中，竦斯渐渐变得骄傲自满，迷失在了众人的吹捧中，它开始相信自己真的无所不能，就没有它看不好的病人。

每当采药人带着竦斯上街，它都骄傲地站在采药人的肩膀上，引来无数羡慕的目光和赞叹的声音。

三、竦斯不懂装懂引人哄笑

古镇以其独特的地理位置和深厚的文化底蕴，吸引着四方来客，而它尤其以精通药理的采药人闻名。

四通八达的街道都由青石铺成，一块一块平整而干净，在阳光下泛着淡淡的冷光，雨后更显得洁净如洗。街道两边的房子，飞檐拱瓦雕梁画柱，看得出来，这里的人们生活比较富裕。

店面大部分是生意人开的，有开药铺的，有卖古董的，有卖绸缎的，有装裱字画的，有卖书的，有卖菜的，还有卖家具的，开酒楼的，应有尽有。

这里的人穿着也比较讲究，就是街头卖豆腐脑的，也是穿得干干净净的。街道每天都有人打扫，店铺的门口十净整洁，不管什么东西都摆放得整齐有序。

街上行人很多，每天都是车水马龙，人来人往。

这天，采药人带着竦斯出来遛弯儿，路过戏台时，他们发现那里围了不少人，有男的，有女的，一个个争得面红耳赤。

采药人好奇地凑上前去，想听一听他们在争论什么。原来人们在议论什么水果最好吃，什么水果最有营养。有人说梨，有人说苹果，有人说猕猴桃，有人说火龙果，甚至还有人说是大蒜和苦瓜。

如果谁能说出一种水果的优点，并得到大家的认可，就能获得水果店老板赏赐的五两纹银。

这个说苹果最好，苹果酸甜可口，生津开胃，美容养颜。那个说梨最好，滋味甘甜，清热镇静，清心润肺。还有的说猕猴桃最好，润肠通便，止渴利尿。于是，人们七嘴八舌地争论起来，各执一词，公说公有理，婆说婆有理，都觉得自己说的是最好的，场面一度十分热闹。

这时，站在采药人肩头的竦斯突然开口说话了："我觉得大家说的都有道理，但我认为最好吃、最有营养的，并不是你们刚才提到的那些水果。"

听到竦斯说话，现场顿时安静了下来。人们都好奇地看着竦斯，想听听它有什么高见。只见竦斯仰起头，来回看了一圈，然后说道："我觉得大蒜是最好吃、最有营养的。"

现场的人都愣住了，但还是有一个人不甘心地问道："你能说出理由吗？"

竦斯自信地答道："当然可以！大蒜香甜可口，提神镇静，营养丰富。"

那个人接着又说道："既然你觉得大蒜这么好，那你现在能把这一堆蒜都吃了吗？如果你能吃完，就证明你说得有道理。"

竦斯毫不犹豫地答道："好啊，这不太简单了吗！"说着，它拿起一头蒜就往嘴里塞，结果，它的脸被辣得通红，它的脑袋不停地摇晃，引得旁边的人哈哈大笑，有的人甚至笑得腰都直不起来了。

最尴尬的莫过于采药人了，他被这一场面弄得不知所措，只能埋怨竦斯道：“你为什么要不懂装懂呢？”然而，竦斯却不把他的话当回事。

四、在山林里采蘑菇的小姑娘

又是一个风和日丽的日子，阳光穿过云层洒在青石板铺就的小路上，空气中弥漫着清新的气息。采药人望着湛蓝无垠的天空，想进山林去采药。竦斯知道后，也想跟着采药人去看看。竦斯在这古镇待了有一段时间了，它有点想念山林。采药人答应了它，一人一鸟就出发了。

进入山林后，只见杜鹃花犹如繁星般点缀在翠绿的植被之间，火红的热烈奔放，杏红的含蓄娇羞，更有那清新脱俗的雪青色花朵，仿佛在诉说着山林深处的宁静。

每一朵杜鹃花都拥有漏斗形的花冠，花瓣层叠有序，轻盈又饱满，阳光穿透花瓣，在地上洒下斑驳的光影，使得花朵更加艳丽。

绿色的侧柏高大挺拔，一棵紧挨着一棵，绵延不绝，矗立在山坡上。阳光透过侧柏树叶洒下星星点点的光斑，为山林增添了几分温暖和惬意。

采药人走累了，便找了一棵粗壮的侧柏树，在树下躺了下来，他将上半身斜靠在树干上，享受这片刻的安宁。

竦斯从采药人的肩头飞上了树枝，欢快地在枝丫间跳来跳去，玩着专属于它的游戏。它一会儿捉住飘落的花瓣，一会儿又去追飞舞的蝴蝶。

休息片刻后，采药人抖擞精神，带着竦斯继续深入山林。

他们沿着蜿蜒曲折的小径前行，在一片繁茂的林间空地，偶遇了两个活泼可爱的小姑娘，她们看上去十岁左右，身着朴素的布衣，脸上满是纯真和好奇。

两个小姑娘各自拿着一个小铲子，背上背着个小背篓，正在林子里寻找野生蘑菇。

在一棵大树下，有一株特别显眼的蘑菇，两个小女孩看到后，争执不休。一个说这蘑菇形状奇特，是美味佳肴；另一个则担忧其可能含有毒性，不敢轻易尝试。

正当困惑之际，她们看到了采药人，那个扎着羊角辫的小姑娘鼓足勇气向采药人请教道："大叔，您见多识广，能告诉我们这株蘑菇能不能吃吗？"

采药人仔细端详了蘑菇一番，遗憾地摇了摇头，温和地对小姑娘道："抱歉，小姑娘，虽然我常在山林里采草药，但对于这种蘑菇，我并不了解。"

另一个小姑娘听闻此言，眼中闪过一丝失望，她解释道："我们找了一上午，只有这种蘑菇最多，其他种类很少见。可我们又不敢采，如果是可以吃的，那就太好了。"

竦斯听了小姑娘的话，为了展示自己见多识广，它振翅飞到蘑菇上方，跟俩孩子说道："放心吧，这蘑菇可以吃的，没问题！”

小姑娘听了竦斯的回答，十分欣喜，她们高兴得手舞足蹈，像两只欢快的小鹿。

五、小姑娘吃蘑菇中毒

天上下着蒙蒙细雨，湿润的青石板路上泛起一片莹莹的光泽，行人稀疏，偶尔有几把油纸伞在雨中悠然移动。医馆内空寂静谧，几盏油灯摇曳着微弱的亮光，零星的几个病人正静静地等待诊治。

老掌柜站在医馆的窗前，凝视着窗外的绵绵细雨，不由得轻轻叹了口气。他心里挂念着采药人和竦斯，这两位昨日一早便进山采药，按照惯例应该当天返回，然而此时此刻，他俩仍迟迟未归，老掌柜心里不免有点担忧。

老掌柜虽然清楚采药人的能力，但还是难以控制内心的担忧，因为天上正下着连绵的阴雨。

就在这时，医馆门口突然传来一阵急促的脚步声，紧接着闯进来一位神色焦急的年轻小伙，他的怀中紧紧抱着一个脸色苍白、昏迷不醒的小女孩，后面跟着一位同样满脸焦虑的老妇人。小伙大声疾呼道：“大夫！大夫！快救救我妹妹！”

老中医闻声立即起身，示意小伙将小女孩放在病床上。他迅速诊脉，发现小女孩的情况是中毒所致，此刻小女孩脸色发青，双眼紧闭，对周遭的一切都毫无反应。老中医询问小伙道："小姑娘中午吃了什么？"

小伙紧张地回答道："她中午吃的是昨天在山里采的蘑菇，我和娘正准备吃饭时，家里来了个熟人求助，我们就出去帮忙了，也就一会儿工夫，我们回来时就看到妹妹倒在地上了。"

听完小伙的话，老中医庆幸地说道："还好你们发现得及时，否则后果不堪设想。"

凭借高超的医术，老中医采用了催吐疗法，成功地将小女孩体内的毒素排出，小女孩脱离了生命危险。

医馆门口再次响起动静，只见浑身湿透的采药人与竦斯疲惫不堪地走进门来。他们昨日进山采药时遭遇狼群，所以不得不在山洞里过了一夜。

老掌柜见到采药人和竦斯平安归来，才总算放心了，他让采药人赶紧换掉湿透的衣服，以免受凉生病。

采药人和竦斯进门后，看到了病床上的小女孩，发现她就是昨天在山里采蘑菇的小姑娘，采药人的脸上浮现出了复杂的神情，欲言又止。他看向竦斯，竦斯则满脸羞愧地低下了头。竦斯曾自信满满地向小女孩保证，那些蘑菇无毒，可食，结果小女孩却中毒了。竦斯感到很惭愧，因为自己的不懂装懂，差点酿成无法挽回的悲剧。

竦斯的这种行为，也让采药人心里感到了一丝不安。

六、竦斯被老掌柜撵走了

一个人如果不小心犯错了，这并不可怕，可怕的是他始终不懂得反思自己，甚至在潜意识里认为这只是无心之失，意识不到自己的行为可能会对他人造成伤害。这种不懂装懂的无知态度才是最危险的。

竦斯就因为自己一而再，再而三地不懂装懂，最终被老掌柜撵出了医馆。

事情是这样的，一天上午，一位老者来药铺抓药，药方上有一味关键的药物，注明为白附子，但由于字迹过于潦草，即使是经验丰富的抓药师傅也难以辨识。不巧的是，老中医出诊去了，竦斯见状，端详药方良久，终究也未能确定药方上写的是需要白附子还是白附片。这两种药材尽管名称相似，但在炮制方法、性状以及功效上都存在着明显的差异。

由于店内储备的两种药材外观相近，仅凭药方上的字迹无法准确判断，竦斯因此犹豫不决。

在还没有进一步确认的情况下，竦斯参考了两者在药效上的特点，试图根据常规病症来推测，但其实这两种药的功效大不相同。

白附子主要有祛风痰、定惊搐、解毒散结的作用，适合中风后患者和经络不通者服用。而白附片则以回阳救逆、补益阳气、祛寒止痛为主要功效，适宜头痛患者和肾气亏虚者服用。竦斯并未明确理解药方的真实意图，却擅自做出了判断，告诉抓药的师傅说老者要的是白附片。

三天后，老者再次来到药铺，他告诉老中医，自己吃了从药铺买的药后，肚子疼。他回去找了开方的大夫，大夫检查了药渣后，发现其中有一味药搞错了，老者要求药铺给自己一个说法。

老掌柜此刻正好在店里，得知了老者的情况，又向抓药师傅了解了当时的情况，得知竦斯的错误行为后，他气得差点暴吼起来。老掌柜平时是一个特别和善的人，但此刻他十分严厉地对竦斯说道："抓错药会害死人的，这可不是闹着玩的。你这样做，不仅会让医馆的信誉受损，而且如果事情严重，大家还可能会坐牢。"

再加上之前老掌柜已经听别人说过竦斯不懂装懂的事情，他当时还不太相信，现在他信了，他只能让竦斯离开。本来他留下竦斯是出于好心，现在却差点因竦斯的自大酿成了大错。

听完老掌柜的话，竦斯彻底醒悟了，它对自己的所作所为感到非常后悔，但此刻后悔也晚了，老掌柜死活不愿意再让它待在医馆了。

七、竦斯认识到了自己的错误

这天早晨，采药人吃过早饭，便要送竦斯回到它以前生活的山林。尽管竦斯有万般不舍，但也不得不离开。采药人也很自责，他责怪自己没有劝阻竦斯犯错，他不敢违抗老掌柜的命令，只得将竦斯送回山林。

一个人的信用就如同储蓄罐里的积蓄，一旦被挥霍殆尽，便无法再从空罐中取出。

竦斯回到山林后，开始了孤独的生活，这对它来说就是一种煎熬。它心里满是委屈与不甘，它认为，不就是犯了一个小错误嘛，何必让它重回山林，遭受如此严厉的惩罚。

它觉得自己在医馆时也是兢兢业业，老掌柜没有必要因为这点事大动肝火。这种情绪一度让竦斯愤懑不已，然而，随着时间的推移，它渐渐接受了现实，开始享受这份孤独带来的自由，尽管这自由中夹杂着深深的寂寞。

每当夜幕降临，皎洁的月亮高悬于天际，月光洒满树林，一片静谧祥和。竦斯独自躺在自己的树窝中，凝望着那轮明月，前所未有的孤独感总是如潮水般涌上心头，令它无所适从。此刻，它会怀念医馆中的点点滴滴，怀念那些充满温情的日子，怀念老掌柜慈祥的面容，怀念严谨博学的老中医，怀念憨厚坚韧的采药人，甚至怀念前来求医问药的病人们。

蓦然回首，竦斯开始反思自己的过错，差点酿成大祸的那天，如果不是小姑娘侥幸被救活，自己的良心将会受到何等的谴责？自己明明对此类蘑菇的认知不足，却还固执己见，强词夺理。竦斯深深懊悔，它看清自己的无知和自以为是，明白这才是导致自己犯下大错的根源。

人往往在犯错中成长，没有谁能够一生无过，关键在于犯错后勇于面对，并从中汲取教训。

竦斯明白了这个道理后，开始调整自己的心态，把诚实守信、热心助人定为自己今后的目标，并为此不断努力。

八、山里有只神鸟

嗖的一声，竦斯被吓了一跳，它站在树上定睛一看，只见两名猎手正紧追一匹狼。狼在前方疾驰，身形矫健，猎人在后方奋力追赶，尘土飞扬，生死追逐的画面异常紧张。

狼突然停下了脚步，猎人也随之停下，两者间的对峙，在刹那间凝固了时空。此时，诡异的事情发生了，在猎人的视线里，原本的一匹狼瞬间幻化成了五匹，如同魅影般让人捉摸不定。

局势瞬息万变，狼群转而开始追逐猎人，这一幕让竦斯深感震撼。

眼看着猎人即将被狼群赶上，竦斯不顾自身的安危，急中生智，用尽全力朝猎人大喊道：“快往左边的小路跑！

那里有别的猎人设置的陷阱！”

猎人听到竦斯的提示，毫不犹豫地改变了方向，向小路狂奔而去。果不其然，没过几分钟，那五匹狼便悉数落入了陷阱之中，挣扎不得。

猎人终于得以喘息，他转身看向竦斯，眼中满是感激之情。他上前几步，对着竦斯深深地鞠了一躬，感谢它的救命之恩。然而，竦斯并未表现出任何得意或骄傲，它只是平静地回应道：“不用谢，这只是我恰巧知道的一个信息而已。”

两个活泼可爱的孩子说笑着，踏进了鸟语花香的山林中，他们无忧无虑，满是童真，对一切都充满了好奇。

他们一会儿掐一朵小花闻一闻，一会又去抓花上的蝴蝶。蝴蝶瞬间飞走了，两个孩子便在后边撵，快乐的声音在山里回响。竦斯也不由得被这两个孩子的快乐感染了，它悄悄地跟着他们，想让这快乐多陪自己一会儿。

太阳渐渐西沉，山林里暮色朦胧。两个孩子在尽情玩耍后，突然发现周围环境已变得十分陌生，熟悉的回家路已消失了。他们焦急地东张西望，无助的眼神流露出迷茫与惊慌。其中一个孩子终于抵不住内心的恐惧，泪水夺眶而出，而另一个孩子则用力挤出笑容，不停地安慰着他。

这个时候，竦斯适时地出现在他们面前，用温和的声音说道：“孩子们，别害怕，我熟悉这片森林的每一个角落，我带你们出去。”

听到这话，两个孩子脸上的乌云瞬间消散，取而代之的是感激与心安。在竦斯的带领下，他们顺利找到了回家的路。

在一个阳光明媚的午后，三名青年有说有笑，进入了郁郁葱葱的山林。他们手拿一把砍刀，准备砍一些木柴回家。

正当他们砍好柴准备回家时，天空突然阴云密布，顷刻间大雨如注。恰好山腰处有一个幽深的山洞他们无奈之下躲进了洞中，期待雨停后能尽快回家。

这个山洞内部四通八达，其中有一条通往外界的小径。他们抱着试试看的心态，沿着潮湿曲折的洞穴向前走去，但很快便迷失在了这片黑暗中，恐慌与无助的情绪开始蔓延。

他们在洞内一边走一边大声呼救，期盼着有人能听到他们的求救声。

那天竦斯正好从附近飞过，它听到山洞顶部露天口传来的呼救声，立即飞入洞中，循声找到了三名困在其中的青年。

经过一番努力，竦斯引着三个青年走出了错综复杂的山洞。

三个小伙子看到头顶的蓝天白云，激动不已，他们对竦斯千恩万谢，而竦斯却谦逊地回应道：“不用客气，我只是做了力所能及的事。”

时间一长，被竦斯帮助过的人越来越多，人们互相传颂山里有只助人为乐的神鸟。

九、竦斯又回到了医馆

晨曦初绽，普照着大地，山间还笼罩着一层轻纱样的薄雾，医馆的采药人此时已早早踏上了崎岖的山路。

采药人攀爬到一面陡峭的崖壁上，去采一株生长在绝壁缝隙中的珍贵草药。正当他小心翼翼地接近那株草药时，脚下一块石头突然松动滚落，采药人猝不及防，随石块一同摔下了悬崖。

此刻正在山林中的竦斯正好看到了这突发的一幕，它连忙飞了过去，采药人已陷入昏迷，无论竦斯怎样大声呼唤，都没有半点回应。

竦斯深知时间就是生命，现在唯一的办法就是自己赶快飞回医馆，将采药人受伤的消息告诉老掌柜，请他上山救人。

带着紧张与焦急的心情，竦斯成功抵达医馆，它喘着粗气冲进医馆内，将山上发生的一切告诉了老掌柜。

老掌柜闻讯脸色骤变，他立即叫上一个身强力壮、手脚麻利的伙计，带上急救器具，由竦斯带路，迅速向山上奔去。

来到山上，老掌柜对仍处于昏迷状态的采药人做了紧急处理。他熟练地检查了采药人的伤势，用草药为他敷治，但依旧未见采药人苏醒的迹象。

这一幕让竦斯心急如焚，它知道，仅靠他们是很难应对的，于是它果断振翅起飞，在四周搜寻可以求助的人。幸运的是，在不远处的林间小道上，它发现了三名刚狩猎归来的猎人。竦斯毫不犹豫地飞到他们面前，请求他们的帮助，猎人们二话不说便答应了竦斯的请求。

猎人们跟随竦斯赶到采药人坠落的地方，和老掌柜一起，小心翼翼地将采药人抬回了医馆。

经过一番紧张有序的抢救，采药人终于在生死边缘被救了回来，当他得知是竦斯又一次救了自己时，感激之情不言而喻。

医馆的人们得知竦斯救了采药人，纷纷向竦斯投来赞许的目光，并为竦斯竖起了大拇指。老掌柜的脸上也洋溢着欣慰的笑容，对竦斯充满了赞许之情。

有关竦斯助人为乐的事迹，老掌柜此前已陆陆续续听人们说了好多了，加之今天竦斯又救了采药人，老掌柜深知竦斯已经改掉了自大的毛病，便萌生了让竦斯重回医馆的念头。他语重心长地对竦斯说道：“竦斯，我能看出，你骄傲自大、不懂装懂的毛病已经改掉了，现在的你谦逊有礼，助人为乐，这正是我们医者应该具备的基本素质。如果你愿意的话，从今天开始，这里就是你的家了，你也不用再回山林了。”

竦斯听了老掌柜的话，高兴极了，它又飞回了老掌柜为它设置的木棍上，坚定地说道：“老掌柜，您放心，我今后都会秉持实事求是的态度，绝不不懂装懂，我会以谦逊好学的精神，精进医术，做一只人人都喜欢的、技艺精湛的好鸟。

喜欢听读书声的狌狌

狌　狌　《山海经》之南山经

原　文　南山之首曰䧿山。其首曰招摇之山，临于西海之上，多桂，多金玉……有兽焉，其状如禺而白耳，伏行人走，其名曰狌狌，食之善走。

译　文　南方的第一列山系叫作䧿山。䧿山山系中的第一座山叫招摇山，它高高耸立于西海边上，山上生长着许多桂树，山里蕴藏着丰富的金属和玉石……山里有一种野兽，长得像猕猴，头上长有一双白色的耳朵，它能够爬着向前走，也能够像人一样直立行走，它的名字叫狌狌，人吃了它的肉可以走路更快。

一、院子里传出读书声

在这座繁华的镇子上，有一座书院。书院青瓦白墙，古朴而庄重，宽敞的院落内有三十多个天真烂漫的孩子。他们的读书声清脆激昂，为整个镇子浓厚的人文气息注入了源源不断的朝气与活力。

阿婆们路过这里时，总会驻足墙根，静静地听一会儿孩子们的读书声。商贩们路过这里，也会把肩头的担子轻轻放下，倚着白墙，享受片刻的宁静与欢愉。打猎归来的阿爹路过这里，也会卸下弓箭和一身的疲惫，坐在墙角，点燃一锅旱烟，让思绪随着这悠扬的读书声自在飘荡。

这读书声似乎有魔法，凡是从这书院墙外走过的人，都喜欢停在这巷子里，听这读书声。

书院后面是一片生机盎然的竹林，孩子们最爱在这里嬉戏玩耍。竹影婆娑，青翠欲滴，微风吹过，发出沙沙的声音。

竹林后面是一座山，山上覆盖着茂密的植被，小径弯弯曲曲，山洞神秘莫测，岩石形态各异。树林中有构树、柞树、杻树、橿树等，姿态万千，各领风骚。

构树林深处有一个隐蔽的山洞，洞口周围盛开着五彩斑斓的野花，尽管叫不出它们的名字，但它们却美得叫人心动。洞口不宽，仅能容纳一个成年人直立通过，但进入洞内，却又仿佛踏入一个全新的世界。

洞内高旷开阔，最矮处也有两丈高，巨人都可行走自如。洞内空气略显干燥，四处都是形状不规则的大石块，高低错落，形成了独特的地貌景观。一只名叫狌狌的异兽，就住在这里边。

二、喜欢听读书声的狌狌

狌狌天生活泼好动，它喜欢坐在山顶，在晨曦微露时欣赏日出的壮丽，在夕阳西下时沉醉于日落的静美。它还喜欢在树枝间自在跳跃，享受自由翱翔的乐趣，也喜欢去镇子里转悠，观察人间百态。

有一天，狌狌来到集市上闲逛，先是在人多的地方走走看看，感受市井的繁华热闹，然后又看到一伙人在耍杂技，便停下脚步观看。

只见一个人的脑袋上顶着一个坛子，坛子在他的头上转来转去，观众的心都悬了起来，生怕坛子掉下来。更绝妙的是，耍杂技的人在那个坛子上又放了一个坛子，两个坛子同时转动起来，这场景让狌狌的心跳加速，它都有点受不了这种刺激了。

狌狌想走，但又舍不得，想看，又怕坛子掉下来。于是，它走到一个人少的墙角边，闭上了眼睛，想等一会儿再睁开，看看那个坛子最后怎么取下来。谁知道，它站在那里竟然睡着了，等它醒来时，空地上已经一个人都没有了。它的心里懊悔极了，为什么自己不能睁着眼睛远远地一直看呢？现在好了，自始至终都不知道那个坛子是怎么取下来的。

狌狌因此非常沮丧，它决定返回山洞。在返回山洞的路上，它路过一条巷子，听到了朗朗的读书声。那声音在它听来，实在清脆悦耳，让它心里感到无比舒服，它说不出这种感觉，只是觉得非常惬意。它的脚步再也无法挪动，索性就坐在墙根下，认真听起来。

渐渐地，狌狌养成了一个习惯：每天从山林中下来后，

第一件事就是坐在墙底下听孩子们的读书声。久而久之，镇子里的人都知道有一只喜欢听读书声的异兽了。

三、狌狌和孩子们坐到了一起

书院的先生听了关于异兽的种种传说，也对它充满了好奇。某日清晨，阳光洒满书院的庭院，先生安排好孩子们一天的诵读后，特意从院门出去，想要亲自证实传言的真实性。

果不其然，在那面围墙下有一只长得像猴子一样的异兽，它长着两只白色的耳朵，只见它正聚精会神地听孩子们读书，仿佛那些稚嫩的嗓音中蕴藏着某种非凡的魔力。

教书先生缓步靠近这只异兽，他温和地向异兽介绍自己的身份。出乎意料的是异兽居然点了点头，似乎听懂了先生的话，并对先生表现出了相当的尊敬。

先生深感此异兽非比寻常，它不同于一般野兽的粗鲁无礼，它身上有一丝通晓人情世故的气息。于是，先生决定邀请异兽进入书院，一同感受书香四溢的学习氛围。

异兽虽不能言语，但它能够通过观察感知并理解先生的意图。当它看到先生指向自己再指向书院时，便明白先生这是要带它去院子里，它高兴极了，不由得咧开了嘴，眼里闪着光，仿佛自己对知识的渴望得到了回应。

孩子们看到先生领回一只像猴子一样的异兽，纷纷瞪大了好奇的眼睛，小脸蛋上写满了惊异。

这只异兽有着黑色的眼睛，粉红色的嘴巴，黄褐色的皮毛柔软亮丽，还有一条长长的尾巴轻轻摆动着，温顺又机灵。

先生向孩子们解释道，这是一只通人性的异兽，先生希望带它与孩子们共同学习，让他们成为好朋友。先生问孩子们是否愿意，孩子们异口同声地回答："愿意。"

先生又问：有哪个孩子愿意与异兽同桌共学？小男孩阿毛迅速起身，大声道："我愿意。"先生微笑着，嘱咐阿毛要好好照顾狌狌。阿毛满脸欢喜，还与狌狌握了握手，然后他挪开自己的板凳，让狌狌坐在自己身边。

随着时间的推移，奇迹般的事情发生了。在先生和阿毛及其他孩子的耐心教导下，狌狌不仅学会了简单的语言表达，甚至还能识得一些汉字。在它开口说话的第一时间，它告诉大家，自己的名字叫狌狌。

四、狌狌带孩子们看桃花

春天的脚步悄然而至，万物在春风的召唤中苏醒过来。小草破土而出，柳枝也渐渐转绿，早春的梅花更是率先绽放，那洁白的花朵如同雪精灵在枝头舞蹈。

时光荏苒，经过大半年的学习与适应，曾经懵懂无知的异兽狌狌，在书院的文化和孩子们的陪伴下，现在不仅能自如地与人交谈，更学会了诸多礼仪，举手投足间透露出一股独特的儒雅气质。

恰逢春暖花开之时，阿毛、张三、赵四、王五、韩六、李杰等六个孩子，约狌狌和他们一起去郊外踏青。

听到这个提议，狌狌格外欢喜。对于它来说，野外是它的家园。每一片草地、每一棵树、每一道山泉的位置，它都能如数家珍。山里中藏着无尽的趣味，哪里有绝美的风景，它都了如指掌。在与孩子们相处的这段时间里，他们建立了深厚的感情，狌狌已然融入了孩子们的世界，成了他们最好的朋友。

春日的阳光温暖而明媚，犹如金色的绸缎轻轻覆盖着大地。在约定的时间，狌狌已经在竹林里等候着大伙儿了。小伙伴们集合完毕后，个个欢呼雀跃，向着山林进发，欢声笑语在空气中荡漾。

山上的桃花开得娇艳，狌狌决定先带孩子们去欣赏桃花。山风温柔地拂过孩子们的脸庞，带给他们一丝清爽的凉意。溪水潺潺，仿佛永远也流不断。

山路崎岖不平，孩子们的脚偶尔会被尖锐的小石子硌疼，但它们没有丝毫退缩。没有老师的约束，没有父母的说教，此时的他们是快乐和自由的。

狌狌和孩子们抵达了那片桃林，只见漫山遍野的桃花开得十分热烈，粉红色的花瓣挤满了枝头，勤劳的小蜜蜂穿梭于花蕊中。面对如此美景，孩子们纷纷伸出大拇指，赞叹狌狌慧眼独具，如果没有狌狌的带领，大伙儿是找不到这么美的地方的。

五、闷热的天气

时间过得真快，转瞬即逝，夏日的气息悄然降临，带来的是炽热如火的高温天气。悬挂于天空中的烈日犹如一团熊熊燃烧的火焰，毫不留情地炙烤着大地。热，还是热，空气也被烘烤得扭曲变形，蒸腾起一股股热浪。

街上干活的人们挥汗如雨，他们的衣衫紧贴着背部，透出一片片深色的汗渍。路边的大树在热浪中显得无精打采，树叶蔫巴巴的。树上的知了焦躁不安，被这闷热的天气弄得不知所措，只是拼命地叫着。

书院里的孩子们正齐声背诵着文章，但是这声音中多了些许慵懒，少了几分往日的爽朗铿锵。教室内的空气如同凝滞了一般，闷热无比，孩子们的脸颊上流下一道又一道汗珠，惹得他们时不时偷偷用袖口擦拭。

先生坐在椅子上，半眯着眼睛，似睡非睡，难以分辨他是被炎热催眠，还是在思考问题，他手中的书籍几乎快要滑落到地面。但是大家谁也没有心思去关心这些，他们只盼着来点风，哪怕只是一丝，只要它能穿越院落，拂过孩子们的脸颊，就足以成为孩子们奢侈的幸福。

在这样的天气里，孩子们最大的心愿莫过于放学后结伴去镇子东边的双峰湖里游泳，逃离这份酷热。

双峰湖很大，据说湖中央深不见底，每年都有溺水事件发生，但这丝毫没有削弱孩子们对湖水的向往和热情。湖水冰凉清澈，一旦触碰到肌肤，那种沁入心底的舒适感，简直是炎炎夏日的最佳享受。

大人们会选择深一点的地方畅游，会游泳的人能从东岸游到西岸，以展示自己高超的泳技。孩子们则在岸边最浅处玩耍，享受属于他们的清凉世界。

阿毛他们也想去湖里玩，只是父母亲管教得严，不让去，主要就是怕有危险。直到有一天，他们找到了可靠的伙伴——忠诚勇敢的狌狌，他们决定在狌狌的陪伴与保护下，去期待已久的湖畔里冒险。

六、好多孩子在双峰湖里玩水

双峰湖是什么时候形成的，谁也说不清楚，但它无疑是大自然鬼斧神工雕琢而成的杰作。它的水源主要依赖于上游的一条天然河道，这条河道穿越了数个村落，一直延伸到山里。每到汛期，山间的大量雨水便化作奔腾的山洪，顺着这条河道，浩浩荡荡地涌进双峰湖里。

双峰湖周边聚集了好多村庄，每逢夏季闷热，湖边便堆满了老少爷们儿，这里成了纳凉胜地。

湖中不断传来扑通扑通的跳水声，那多半是年轻人又在秀自己的泳技，你看那矫健的身姿如同离弦之箭，利落地扎入湖中，像穿梭的鱼，一会儿工夫就游到了湖心，这时他们才从水中抬起手，骄傲地向岸上的伙伴挥手致意。

在浅水区玩水的，是一群被烈日晒得黝黑的孩子，他们都是附近村落的顽童。只见他们一个个咧着小嘴，有的孩子脸上还带着一点坏笑，他们在水上拍打出一道道水柱，向身边的伙伴身上袭去，而伙伴也不甘示弱，撩起湖水便进行反击，不一会儿，你泼我溅，整个湖边都展开了泼水大战。孩子们笑着，叫着，闹着，不亦乐乎。

狌狌和同伴们来到湖边的时候，湖里已经有好多孩子在玩了。看见湖水的阿毛兴奋不已，急不可耐地开始脱衣服准备下水。他的这一举动感染了其他小伙伴，张三、韩六、李杰和赵四也将衣服脱了堆放在岸上，赤条条纷纷跃入清凉的湖水中。

狌狌负责在岸上看守同伴们的衣服，同时兼任着临时救生员的任务，时刻关注着湖中孩子的安全。

七、高高兴兴去摘野果

秋天来了，山中的野果像璀璨的宝石，挂满枝头，诱人至极。孩子们按捺不住心中的雀跃，恳求狌狌带他们进山采摘。狌狌看着一张张充满期待的小脸，欣然应允了。

秋天的清晨，天空湛蓝如洗，孩子们吃过早饭后，陆陆续续到了熟悉的竹林集合点。

阿毛拿着一个大袋子，决心要满载而归。张三细心地准备了两个背包，也不甘落后。最有意思的是王五，他竟然把家里装粮食的口袋都带上了，引得大伙儿一阵哄笑。

赵四打趣王五道："五哥，你这是打算把整座山的果子都搬回去啊，你能背得动吗？难不成还要狌狌帮你背？还是你真能摘那么多？"王五也不恼，笑眯眯地回应道："我自己背，没有找到背包，就随手拿了个袋子嘛。"

最后一个小伙伴韩六小跑着过来了，他气喘吁吁地说道："对不起，让大家久等了。"孩子们都笑，然后向东山出发了。

路上，小伙伴们知道狌狌现在虽然能识字能交流，但它最喜欢的还是听同学们的读书声。每当同学们开始读书的时候，它就摇头晃脑听得如痴如醉。小伙伴们为了感谢狌狌的陪伴，于是，大伙儿一起边走边念起了歌谣。

"日出而作，日入而息。凿井而饮，耕田而食，帝力于我何有哉！"这首歌谣的意思是太阳出来就出去劳动，太阳落山就回家休息。凿一眼井就可以有水喝，种出庄稼就可以填饱肚子，这样的日子有何不自在，谁还去羡慕帝王的权力。

他们念完一首，接着又念一首："断竹，续竹。飞土，逐宍。"这首歌谣的意思是砍伐竹子，连接竹子制成弓；

打出泥弹，追捕猎物。

整齐划一的清脆童声在山间小路上回荡。“快看！”阿毛突然喊了一声，大家便看到山坡上成片的野果在树枝上挂着，红彤彤的。

八、孩子们碰到凶残的灰狼

果树繁茂，有的长在山坡上，有的长在陡峭崖壁上。受日光照射的影响，崖壁上的野果格外鲜艳饱满，犹如一颗颗诱人的红宝石，引得孩子们纷纷驻足在山崖边，一个个跃跃欲试。

狌狌看在眼里，急在心头，它深知崖壁危险，连连劝孩子们，希望他们尽量在地面的果树上摘取，如果真的垂涎崖上的红果，不妨由自己代劳，毕竟爬高走低正是自己的拿手本领。然而孩子们虽口头上应承着，却依旧各自忙碌，享受着亲手摘取新鲜果实的乐趣和满足感。

孩子们穿梭在林间，一会儿爬上这棵树，一会儿跃至那棵，脸上洋溢着满足的笑容，仿佛亲手摘下的每一颗果实都是宝藏。而狌狌则在一旁时刻关注着，警惕着任何可能出现的危险。

天空中掠过一只红嘴鸦，叫声在山谷间回荡，更显出四周的静谧。微风轻轻吹拂，连小草也随着风的节奏摇曳生姿。突然，远处山头出现了一匹灰色的野狼，它

目光炯炯，死死盯着这边的孩子们，仿佛随时准备向孩子们发动袭击。

狌狌警觉地捕捉到了这一幕，为了确保孩子们的安全，它决定带领大家尽快下山。孩子们的袋子里已装满了的果实，听到狌狌的警示后，他们立即有序地聚拢在一起，悄悄地踏上了归途。

狡猾的灰狼嗅到了危机，它如同疾风般疾驰而来。狌狌带领孩子们转过一个狭窄的山路弯角时，身形矫健、目光锐利的灰狼赫然出现了，它的眼里闪烁着凶残的光，嘴里发出低沉的咆哮，龇着尖锐的獠牙，挡住了众人回家的路。

面对如此情景，孩子们无不面露惊恐之色。狌狌冷静地指挥阿毛，让他带着孩子们迅速撤退到山岩后方，保持镇定，它承诺自己会保护大家的安全。话音未落，那灰狼已经全身蓄力，如一道黑色闪电般迅猛扑向了狌狌。

面对灰狼的猛烈攻击，狌狌没有丝毫畏惧，它敏锐地捕捉到灰狼的攻击轨迹。就在灰狼即将触及它的刹那间，狌狌身体一侧，巧妙地避过了狼爪。随后，一只手掌以雷霆之势向狼的脑袋拍去。

灰狼狡猾而凶悍，只见它的身躯在半空中灵活翻转，巧妙地避开了这致命的一击。落地后，灰狼再次发起攻击。这场搏斗在山路上激烈地上演着，狌狌与狼的身影交错，手掌与狼影重叠，每次撞击都激起满天尘土，搏斗声回荡在寂寥的山谷之中。

经过一番艰苦卓绝的对抗，狌狌凭借智慧和勇气，终于成功击败了那匹恶狼，将其制服在地。不过，狌狌在战斗中也不幸被狼咬伤了手臂。

躲在岩石后的阿毛看到狼倒在地上不再动弹，带着其他小伙伴们冲了出来。

当他们看到狌狌手臂上的斑斑血迹，不禁心疼得热泪盈眶。而狌狌却强忍疼痛，笑着对孩子们说道："这点小伤没什么，只要你们都安然无恙，就是对我最大的安慰。"这句话就像一阵暖风，抚慰着孩子们纯洁的心灵，也使他们的友谊变得更加坚固。

九、狌狌离大家而去

清晨的阳光洒满宁静的书院，孩子们端坐在座位上，眼里充满了对知识的渴望。然而，今天的学堂似乎与以往不同，总是第一个来到学堂，安静地坐在角落里等先生授课的狌狌并未出现。

老先生心中满是困惑与担忧，自从狌狌被邀请进入学堂以来，从未有过无故缺席的情况。老先生猜测也许是狌狌身体不适，或者是它贪玩误了时间，此外再找不到合理的解释。这种忧虑像一片阴云笼罩在老先生的心头，让他难以平静，于是他决定走出学堂，到院子里透透气。

就在他走到院子的一刹那，外面的喧闹声引起了他的注意。只见院墙外聚集了许多人，他们围绕在一个墙角处，议论纷纷。老先生穿过人群，赫然发现狌狌正低头坐在那里，双手紧紧抱着头，泪水不住地顺着脸颊滑落。

围观的人们见到老先生到来，立刻自觉让开一条通道。老先生走上前去，看着抬起头来的狌狌，关切地问道："狌狌，你为何而哭泣呢？怎么没来上课？"

狌狌红着眼睛，抽泣着回答："先生，我来这里，是要跟您和同学们告别。我实在舍不得离开你们，所以才选择在墙角默默停留，想再听听伙伴们那熟悉而又亲切的读书声。可没想到我控制不住自己的情绪，引来了街坊邻居的围观。"

老先生听罢，心中五味杂陈，他理解并尊重狌狌的选择，尽管内心同样充满不舍。他牵起狌狌的手，一同回到了教室。孩子们看到狌狌脸上的泪痕，一个个焦急地询问到底发生了什么事。

狌狌鼓足勇气，将离别的原因告诉了大家。听完狌狌的讲述，孩子们的眼眶开始泛红，因为他们早已把狌狌当作亲密无间的朋友，他们无法接受与狌狌的分离。

老先生见状，语重心长地安慰孩子们道："孩子们，天下没有不散的宴席，我们要学会接受离别，并以乐观的心态祝福彼此。让我们一起为狌狌留下最美好、最深刻的回忆吧。"

老先生知道，狌狌最喜欢听大家朗朗的读书声。于是，他提议孩子们再次诵读，以此作为送给狌狌的临别礼物。孩子们都答应了，全神贯注、字正腔圆地大声诵读起了歌谣，每一个音节都承载着他们对狌狌深深的留恋与关怀。

听孩子们诵读完两首童谣后，狌狌缓缓起身，走向书院大门。先生和孩子们含泪挥手，目送狌狌离去。教室里又重新响起孩子们清脆激昂的读书声，这声音穿透书院，飘荡在整个小镇的上空，成了狌狌心中永恒的记忆。

附录

生僻字词注音解释：

合窳（yǔ）：形状像猪的吃人怪兽。

彘（zhì）：本意为大猪，后泛指一般的猪。

鲄鲄（gé gé）：长着六只脚，有着鸟一样尾巴的鱼。

蠵龟（xī）：海中的大龟。

竦斯（sǒng）：《山海经》中记载，长着人一样面孔的雌野鸡。

狌狌（xīng）：中国古代传说中的异兽。

鹊山（què）：传说中的山名。

訆（jiào）：大声呼叫。